Pierre MARTINET

Cellule Delta

Roman

Flammarion

ISBN : 978-2-0812-5095-6

À mon ami Pierre,
mort sous mes yeux à Benghazi…
À Twiggy…
À Gregory…

Avertissement

Ce récit est une œuvre de fiction. Toute ressemblance avec des situations réelles ou des personnes existantes ou ayant existé ne saurait être que fortuite.

Avant-propos

Vous vous souvenez sûrement.

Je suis celui qui a raconté comment, entraîné parmi l'élite de l'armée, un agent avait été amené à surveiller des islamistes soupçonnés de complots terroristes.

Mon récit racontait une vie d'agent et les difficultés à la quitter sans se salir.

Je ne pouvais pas tout dire et pourtant, ça semblait déjà trop : c'est le prix de la vérité et de ses secrets, et depuis, je ne suis pas satisfait, pas entièrement.

Car trop de secrets, qu'il m'avait fallu oublier, mais que je dois garder, percent en moi.

Sublimer, transformer dans la fiction ce qui me torturait, dépasser par l'imagination la violence passée, m'a semblé la seule voie possible.

En inventant ce récit, j'ai pu éteindre les dernières braises de mes souvenirs.

Visé
février 2011, Beyrouth, Liban

Ce n'est pas encore le moment. Un parasol et une espèce de gorille se sont mis entre lui et sa cible. Sur la terrasse d'un immeuble à moitié déchiqueté dont l'équilibre tient du miracle, à l'abri des regards indiscrets, croit-elle, la cible déjeune. Elle est grasse et suintante comme du houmous sur une toile cirée. Depuis trente minutes, un cortège de plats défile dans la lunette du fusil de Vincent.

En ce mois de février, le soleil tape droit et dur. Il fait vingt-six degrés dans l'air et un peu plus sur le béton où il est allongé. Son ventre et ses cuisses cuisent. Aujourd'hui, il est forcé d'opérer en plein jour sur un toit pas ombragé. Sa casquette ne sert pas à grand-chose à part lui donner chaud. L'après-midi, le pire moment ici… Mais c'est comme ça, question d'opportunité, sans doute.

Le jour et l'heure, la plupart du temps, on ne choisit pas. Le gros qui va mourir non plus. S'il avait le choix, il profiterait certainement une dernière fois de la poupée blond cendré, de type ukrainien, en lunettes Dior et sac Vuiton, qui attrape des feuilletés au fromage du bout de ses griffes rouges.

Vincent, lui, n'a pas faim, surtout pas de mezze étouffe-chrétien. Il a soif mais oublie de boire dans sa pipette d'eau reliée à son sac à dos, concentré sur l'immeuble d'en face et les silhouettes à surveiller. Il pense à sécher ses mains régulièrement, pour empêcher qu'une goutte de sueur ne laisse le doigt glisser sur son fusil, un joli HK-417 de calibre 7,62 mm. L'arme fétiche des tireurs d'élite.

On l'avait informé que la personne à neutraliser était un gourmand, un jouisseur, amateur de bonne chère, de montres et de femmes, platines les deux. Le genre de cible qu'on abat dans son lit ou à table, à l'ancienne ; à l'indochinoise ou à l'italienne. Pour cette dernière, il manque un pistolet-mitrailleur et l'arrivée tonitruante. À cette distance, six cents mètres, et à cette hauteur, mieux vaut revoir la méthode italienne et traiter la cible de loin. Il voit les détails répugnants de cette dernière dans sa lunette de visée mais ne les juge pas et ne les intègre que s'ils sont à prendre en considération dans l'accomplissement de sa mission, uniquement dans la mesure où l'action du porc en face peut l'amener à changer brutalement de position.

Vincent attend son heure, ou plutôt sa seconde. Et, d'expérience, elle vient toujours. Il est calme, désespérément. Revenir à Beyrouth produit toujours sur lui le même effet : l'absence d'effets. Un genre de calme accru, glacé. Il a des souvenirs ici, et d'autres ne les partagent plus. C'est là, peut-être, qu'il a fini, en 1983, d'être humain. C'est pour ça qu'il est capable de voir un mec bouffer des trucs qu'il ne lui laissera pas le temps de digérer. Un dernier repas, un dernier cigare dont le vent porte les volutes jusqu'à son nez.

La cible était une huile, un compte en banque bien fourni qui alimentait des terros, elle est maintenant un homme à abattre, parce que, même de loin, le Libanais, trop gras, trop opulent, déplaît au tireur venu le shooter. Vincent aime la simplicité, pas les narcos baroques. Même s'il n'a pas besoin de le détester pour l'abattre, il n'éprouve rien. Il pense et il agit. Ça suffit, en tout cas pour faire ce qu'il a à faire et rester en vie.

Par ailleurs, il a appris par un brief que sa cible était haïssable : elle finance des types très mal intentionnés, qui détournent leur religion pour tuer et terroriser. Ce Libanais-là engraisse les poseurs de bombes, les kidnappeurs d'AQMI, ses ennemis prioritaires. Il ne risque pas de s'attendrir quand il le verra refroidi, il n'accorde pas sa pitié à ceux qui ne la méritent pas, aux racailles qui n'hésitent pas à s'en prendre aux civils, à faire sauter des rames de métro, des magasins, des avions…

Du mouvement en face. La pulpeuse se lève d'abord, son jules la suit mollement, le dos du molosse dans son costume serré en écran. D'un coup, la fenêtre de tir s'est comme réduite dans le temps. Vincent pourra encore conclure en bas, mais il n'aura que quelques secondes. Il vérifie, peu de passants, l'heure de la sieste. Dans environ quatre étages, six minutes, ils sortiront de l'immeuble. Une BMW noire aux vitres teintées attend à quelques mètres pour les récupérer.

Sur le trottoir, comme un chien, comme un caïd de quartier. Deux balles. Tête et cœur. Aucun bruit, des couleurs par terre, la chemise blanche trouée de rouge qui se répand en croissant autour du gros cadavre flasque, la béance dans le crâne qui fait des bulles. Le garde du corps regarde à droite, à gauche, la fille s'est jetée sur la chaussée contre la voiture, les autres, ceux qui sont là par hasard, n'ont rien entendu et rien compris, ils ont vu un bonhomme s'écrouler dans une flaque de sang.

Une seule balle a suffi, la tête a volé en éclats. Il se relève doucement en s'agenouillant d'abord et replie le bipied de son HK. Dans cette pause mystique, il contemple, l'espace de quelques secondes, son œuvre de tueur. Il abandonne son HK déposé là en fin de matinée par quelque honorable correspondant, résidant à Beyrouth depuis longtemps. Il sourit en pensant que cette arme aura fait le tour du globe avant d'arriver sur cette terrasse et y mourir. Elle peut rester là car elle est intraçable. Elle est passée par trop de mains différentes pour mouiller un service officiel.

Une fois dans la rue, il ne regarde même pas de l'autre côté mais hèle un taxi. Malgré son un mètre quatre-vingt, il passe inaperçu en ressemblant à tout le monde et à personne, avec une casquette, un tee-shirt, une démarche souple et rapide, des lunettes de soleil qui cachent des yeux trop clairs, trop bleus pour la région.

Vincent arrive dans un hôtel du centre, à cinq kilomètres du lieu de l'action, récupère une clé à la réception et grimpe les escaliers sans précipitation. Derrière la porte, assise sur le lit, une jeune femme brune, habillée à l'occidentale. Il ne la connaît pas, comme prévu. Il ne s'attendait pas même à une femme.

Elle se lève quand il entre et se dirige vers la salle de bains. Vincent pose son sac à dos et la suit, machinalement. « Enlève ta chemise », dit-elle avec un léger accent arabe. Habitué à obéir aux ordres, il s'exécute. Elle le fait s'asseoir et se met derrière lui. Elle commence à opérer une transformation digne des maquilleurs professionnels du cinéma. Elle lui comprime la tête avec un bonnet en latex couleur chair dans lequel elle fait disparaître ses cheveux. Puis, elle dépose sur des points de colle une perruque aux cheveux poivre et sel. Suit une moustache de la même couleur et des lentilles marron. Une paire de lunettes de vue, Vincent est un autre homme.

Elle a agi vite, en moins de vingt minutes. « Douchez-vous, sans vous laver les cheveux ! » conclut la brune d'un ton mi-péremptoire, mi-amusé. Elle sort de la salle de bains et laisse Vincent sous l'eau chaude.

Un costard, un attaché-case et une odeur d'après-rasage ont suffi à faire de lui un parfait businessman, tout aussi crédible que les autres types qui fréquentent cet hôtel une nuit ou deux, le temps de faire leurs affaires douteuses ou pas à Beyrouth, de tromper leur femme après un verre au bar et d'acheter un cadeau pour elle.

La fille lui tend un passeport qu'il troque contre l'ancien. Une nouvelle identité… quoique… une vieille connaissance en fait, puisque Vincent s'est déjà, par le passé, appelé Samuel Saden. Il a déjà enfilé ce patronyme et la vie qui va avec.

Le miroir de l'ascenseur dit à Vincent combien sa transformation entre les mains de la jolie Libanaise a été efficace. Même si cette nouvelle apparence n'est pas faite pour être portée longtemps, elle est son unique couverture. Au cas où on bougerait autour du narco-trafiquant, au cas où il aurait été repéré, mieux vaut qu'il mue. Le taxi, il le commande et l'attend dans l'hôtel ; ne pas avoir l'air trop pressé, organisé, c'est mieux. Un homme d'affaires ne prend pas le risque d'arpenter une ville étrangère à la recherche d'un taxi. D'autant que l'heure n'aide pas à passer inaperçu : maintenant, tout le monde fait la sieste, les rues désertes amplifient n'importe quel déplacement, geste, bruit ; une odeur de cardamome et d'agneau flotte mollement dans l'air.

Sanglant
octobre 1983, Beyrouth, Liban

Cette odeur, pour lui, n'est pas neutre. Elle se marie à d'autres odeurs, moins appétissantes, la poudre, le sang humain… Beyrouth, son théâtre en béton de mauvais souvenirs, de bruits aux échos interminables… L'embuscade et ses sifflements… Ce que l'on retient des lance-roquettes, avant l'impact. Ils avaient déjà morflé pourtant, ils avaient déjà explosé avec les autres sous le choc d'un camion piégé. L'attentat du Drakkar, vingt-sept ans plus tôt. Cinquante-huit morts et quinze blessés.

L'odeur était restée, un massacre ne se tait jamais.

Rien n'est jamais trop laid pour les enfoirés. Des innocents déchiquetés, ça ne suffisait pas. À Beyrouth, le pire semblait toujours probable. L'horreur avait tendance à s'emballer quand elle avait commencé… Quand quelqu'un s'énervait ici, il frappait en série, fort, rudement, et se débrouillait pour que ça fasse des montagnes de morts, de blessés. Et plein de traumatisés aussi, c'est important les traumatisés, qui pourraient témoigner longtemps de l'horreur.

Comme ces quatre paras appelés pour nettoyer le carnage du Drakkar.

Vincent, Dominique, Luc et Charlie font partie de Diodon 4, la Force Multinationale de Sécurité à Beyrouth. Depuis trois jours, ils charrient des cadavres. Ils sont imprégnés d'une odeur de mort qui a transpercé leurs vêtements et atteint leur chair. Leur peau sent le macchabée. À eux quatre, ils transportent les effluves d'un énorme charnier. Ils ont ramassé leurs frères à la cuillère, en silence. Ils se sont demandés à quoi tenait l'identité d'un être quand il ne restait plus de lui qu'un corps pulvérisé.

Ce soir, ils sont écœurés, comprimés par ce qu'ils ont vu. Et puis ils ressentent un malaise, comme une gêne à être encore vivants alors que les autres seront enterrés en tout petits morceaux. Des images abominables les collent. Ils essaient de penser à autre chose, leur famille, leurs potes, la bonne bière qu'ils vont boire tout à l'heure, la petite amie qui les attend en France… impossible d'échapper au film. En boucle, Vincent revoit ce cadavre de petite fille dans une position atroce : en train de tenir ses tripes hors de son ventre arraché, son regard de stupéfaction, ses cheveux blancs, sa jupe déchirée sur ses jambes sanguinolentes. Et le para, dans un geste absurde, qui veut remettre en place les boyaux de la morte. La séquence s'est tatouée pour longtemps dans sa rétine.

Dans le camion TP-3 qui les ramène à leur poste, au nord de Beyrouth, sur le Ring, ils ne se parlent pas, ni ne sourient. Ils n'ont pas besoin d'échanger puisqu'ils pensent tous la même chose. Ils sont furieux et partager leur colère ne la soulagerait pas. Derrière leurs lunettes noires, ils regardent les passants avec un ressentiment dont ils sentent bien qu'il est injuste. Mais pour eux, maintenant, les terroristes sont partout, ils se planquent parmi les innocents pour échapper à leur rage. Ils ont décidé, leur douleur a décidé, que tout Beyrouth est un repaire de potentiels terroristes. Ils roulent sur l'avenue Bechara El-Khoury, la haine vissée aux tripes.

À un carrefour, une Mercedes blanche déboule de la gauche et bloque la route. Le camion stoppe net. Ça va très vite, trop vite. Les quatre hommes n'ont pas le temps de klaxonner que déjà une roquette RPG siffle sur leur gauche et atteint le train avant, qui explose. Dominique croit qu'il est mort, Vincent se dit qu'ils vont mourir, les deux autres à l'arrière, eux, hésitent entre l'envie de se battre contre ces mecs qui viennent de leur tomber dessus et celle de se tirer à toutes jambes. En gros, ils sont mal barrés.

De toute façon, ils ne peuvent pas sortir du camion : à entendre le barouf, les attaquants ont sorti les kalach et arrosent. Les balles cognent la carlingue sur la gauche. L'arrière aussi subit des impacts et le toit est touché. Luc et Charlie en déduisent qu'il y a autour au moins un autre foyer de tirs. Devant, Dominique vient de gueuler, il s'est pris une balle dans l'épaule gauche. Excité par la vue de son pote blessé, impuissant à se servir de son arme, Vincent réagit : il arme son famas et saute hors de la cabine du camion. Il a réglé en un dixième de seconde son arme en mode rafales de trois. Dressé, vengeur, il vise les mecs dans la Mercedes. Avec succès. Ils ont arrêté de tirer, ce qui prouve, a priori, qu'ils sont morts. Mais, comme l'ont compris ses deux camarades de l'arrière, les balles ne cessent pas de zébrer l'air. En se retournant, Vincent distingue un immeuble du haut duquel les tirs semblent provenir. Il appelle Luc et Charlie à la rescousse. « Ça vient de là-bas, les gars, j'y vais, couvrez-moi ! »

Ses deux comparses hors du camion, Vincent se met à courir en évitant les balles, en longeant un mur, en s'abritant derrière une voiture. L'objectif est à cent mètres, les cent mètres les plus longs de sa vie. Sur le chemin, il essaie de compter les tireurs. Trois, peut-être quatre, pas plus... Il atteint l'entrée de l'immeuble et se doute qu'il en trouvera un pour l'attendre dans la cage d'escalier. Il lui reste peu de munitions, il va falloir jouer à l'économie, à la précision donc. Ne pas gâcher, viser. À peine introduit dans le bâtiment, il aperçoit un homme en treillis armé d'une kalach prête à faire feu sur lui, en haut de l'escalier. Il n'a pas le temps de s'en servir que Vincent l'abat, avec une seule balle. Sur le palier, à sa droite, on cherche à le shooter. Il se baisse et, en se relevant rapidement, fait tomber son adversaire. Il emprunte ensuite le couloir, en quête de la terrasse. Un crissement derrière lui l'incite à se retourner et à tirer avant que l'autre ait eu le temps de toucher la détente.

Alors qu'il voulait doubler son tir, il s'est rendu compte qu'il était à sec. Il a grillé ses six chargeurs, il va devoir se démerder autrement. À l'arme blanche. Sur lui, il a son Camillus, le couteau des Marines américains, arme fiable et discrète, cadeau de bienvenue de son unité. Enfin, il a trouvé la porte d'accès à la terrasse. Il se cogne dans l'angle à un type trapu avec une moustache, dont il bloque les bras dans le dos, d'une main. Et avec l'autre, restée libre, il enfonce son poignard dans le plexus solaire de son ennemi qui, dans un râle, s'écroule à ses pieds. Le couteau de Vincent est assez bien aiguisé pour dépecer une chèvre, alors pour planter un homme... Le para récupère un AK-47 souillé qui va lui permettre de dégommer les deux derniers tireurs perchés.

En redescendant, son efficacité lui saute aux yeux. Il n'avait jamais tué avant ce jour. Pourtant, devant lui éclate de manière spectaculaire la manifestation de son talent. Le sol est jonché de cadavres, et c'est son œuvre. Non seulement, il a réussi à rester en vie dans un traquenard qui ne leur laissait pas beaucoup d'issues, mais en plus, il a buté tout le monde ! C'est flippant beaucoup de sang, quand on sait qu'on est celui qui l'a fait couler. Même en situation de légitime défense…

Il rejoint les trois autres au camion, surpris de le voir revenir intact.

Le soir, au poste, tous ces morts l'ont suivi. Dans la bouche, il a encore un goût de sang, le sien, il s'est mordu la lèvre pendant l'attaque. Mais il sent aussi celui des autres. Et cette saveur d'assassinat, il la trouve suave. Il comprend, d'instinct, ce que cela veut dire. Dans l'embuscade, tout à l'heure, il a touché à un truc, il le sent, ça l'inquiète. Il a aimé ça, tuer. Quand la lame bien coupante s'enfonce dans la chair et émet un bruit d'aileron dans la mer, le clac distingué d'une nuque qui s'est brisée, le son d'une chute, sourd et définitif. Il doit admettre qu'il a joui de tout cela. Avec une intensité atroce qu'il n'a jamais éprouvée. Et qui, maintenant qu'il est revenu au calme de son lit, le fait frémir.

*

Le taxi qui vient chercher Vincent déguisé en Samuel Saden, le businessman, roule, vraisemblablement, depuis longtemps. Une vieille Mercedes verte à la peinture passée. Le chauffeur lui parle pendant dix minutes, pendant une trentaine de panneaux publicitaires, dans un français fluide mais rond avant de lui demander sa destination. À l'hôtel, on lui a dit l'aéroport. M. Saden corrige : c'est au port qu'il va, en fait. Le chauffeur s'étonne de ce changement de programme, mais son client, qui a appris à se taire pour s'éviter les ennuis, ne souhaite pas satisfaire sa curiosité. Pour être tranquille, il préfère le laisser reprendre son monologue. Derrière les vitres, il voit des hordes de gamins qui courent en riant sur le trottoir cabossé.

Vincent est soudain rêveur, il pense qu'il a un fils dont il ne s'occupe pas et qu'il lui fait payer son absence. Les rares fois où il le voit, il n'est pas indulgent, il gronde, évalue, traite Anthony comme son subalterne. Il a maintenant vingt et un ans, l'âge que Vincent avait quand il est devenu père. En fait, son fils lui rappelle ses erreurs avec les femmes.

Tous les agents avaient du mal avec leur vie de famille, souffraient de ne pas en avoir ou d'en être éloignés. Il connaissait bien Henry et constatait sa mélancolie en mission. Elle s'amplifiait avec les années. En vieillissant, son Delta s'était mis à tenir à la vie et à désirer voir grandir ses six enfants. Aux antipodes, Hichad risquait, jouait les missions comme des parties de poker. Il était désespérément optimiste. Il avouait à Vincent, les soirs de beuverie dans leur salle dédiée, qu'il était heureux de ne rien attendre : « La partie est perdue à la fin, entre-temps, je peux me permettre de jouer, et de vivre intensément. »

Le taxi n'en finit pas de se répandre sur l'actualité du pays. Vincent n'écoute toujours pas. Dans moins d'un quart d'heure, il le sait, il embarquera et disparaîtra dans la nature.

Delta
mars 2011, Base de Cercottes, France

On dirait le bar d'un hôtel ou l'intérieur d'un club anglais. Confortable, capitonnée, la vaste pièce est d'ailleurs réservée à une élite sauf qu'ici, elle n'est ni financière, ni sociale. C'est celle des Services. Des petites tables entourées de fauteuils, un bar en zinc, une chaîne hi-fi, deux banquettes et deux télés plates de chaque côté de la pièce. C'est ici qu'ils se détendent, qu'ils se réjouissent, librement, de la réussite d'une opération.

Dans cette pièce, ils sont autorisés à être leur véritable identité, celle avec laquelle ils sont nés. Le répit ne dure pas, juste une soirée et la nuit, courte en général, qui suit.

Assis dans un coin, un très grand type brun fait défiler des images sur une tablette numérique, les sourcils froncés, ses yeux verts absorbés par l'écran. C'est la voix d'un présentateur à la télé qui le sort de sa contemplation. « Des frappes aériennes sur la Libye ont été décidées après l'adoption d'une résolution par le Conseil de sécurité de l'ONU. Parmi les quinze pays membres, la Russie et la Chine n'auront finalement pas exercé leur droit de veto. » Aymard s'intéresse de très près aux révolutions arabes, à double titre. Et ce jour compte puisque, avec l'aide internationale, la Libye va basculer.

Derrière le bar, debout, un blond d'une cinquantaine d'années, qui tient la télécommande d'une main, une bouteille de vin rouge qu'il compte ouvrir de l'autre, regarde lui aussi les infos. Il voit des scènes de rue hallucinantes, de violence et de joie, une espèce de confusion urbaine excitante et inquiétante.

Mais lui, Henry, les révolutions le mettent toujours mal à l'aise. Son sang bleu se met à bouillonner dans son corps. Des réminiscences de récits de son père sur des ancêtres embastillés puis décapités remontent à l'évocation d'un soulèvement populaire.

Hichad, installé sur un tabouret haut, fixe Henry avec un air narquois. Il a remarqué l'air grave de son frère d'armes et en comprend la raison. S'il n'était pas passionné par un poker en ligne sur son ordinateur portable, il le vannerait sur son flip d'aristo. Mais là, avec sa paire d'as, il est certain de jouer une partie gagnante. Il fera des saillies plus tard, il occupera son rôle de bouffon de l'équipe tout à l'heure.

La fille à côté de lui, Annie, elle, n'a pas attendu : elle s'est déjà enfilé deux pressions et ne compte pas s'arrêter là. Elle paraît agitée. Elle ne cesse de se trémousser sur son tabouret, passe sa main compulsivement dans ses boucles brunes. Ses longs cils noirs au-dessus d'un regard gris battent vivement. Son air préoccupé lui donne un charme, un genre de fragilité qui tranche avec son corps musclé et l'assurance de ses gestes. Un pantalon kaki et un tee-shirt blanc qui met en évidence des seins opulents, rien de plus, ni bijoux, ni maquillage. À ses mains, sans bague, à leurs cicatrices et traces de brûlure, on peut voir qu'elle fait un métier dangereux. Sa féminité, elle la porte dans son corps et l'assume au milieu d'une équipe très virile.

Elle est leur mascotte, leur douceur, leur rire aussi. La voir s'éclater avec des explosifs ou dans un corps à corps au couteau les séduit, ces quatre mecs. Par contre, elle a tendance à parler un peu trop, ce qui les dérange, les déconcentre. Elle les abreuve de paroles plus ou moins utiles jusqu'au moment où Aymard, le plus proche d'elle, lui dit froidement : « Annie, ferme ta grande gueule, tu nous saoules », un ordre généralement suivi d'effets grâce à une autorité naturellement militaire et à l'intimité due au nombre de missions accomplies en duo, en faux couple.

« Elle n'est vraiment pas discrète. Ça se voit comme le nez au milieu de la figure qu'elle va partir », pense la cinquième personne qui se trouve dans la pièce. Le bleu de ses yeux s'est collé sur Annie avant de se poser sur Aymard qui, lui, ne bronche pas.

Objectivement, il n'est pas moins indulgent avec le seul élément féminin du groupe. Son sexe ne l'intéresse que pour les besoins d'une opération, pour former un couple, ou pour assouplir un individu. Et Annie ne se sert pas non plus de sa condition. Elle ne veut surtout pas avoir l'air de gagner sur tous les tableaux. Faire l'homme ou la femme quand ça l'arrange.

Vincent la connaît bien, Annie, comme les trois autres. Il les a étudiés avant de les recruter, il a analysé chaque trait de leur personnalité, fouillé leur passé, leurs états de service, leurs failles.

Pendant des mois, il avait vécu dans une étrange fusion avec quatre personnes qu'il ne faisait pourtant que croiser dans les couloirs de la DGSE. À distance, il les sentait, les évaluait. La période du choix comptait, il ne la bâclait pas. Cette équipe qu'il avait sous les yeux n'avait pas su qu'elle avait été jaugée et surveillée. Ils n'avaient rien su jusqu'au test…

Au grill
août 1995, Aubervilliers, France

Il suffit de deux trois jours à Aymard pour être gagné par une grande mélancolie. Revenir dans sa cité, chez ses parents qui ont vieilli, mal, le plombe. Sa petite sœur n'est plus là, elle est partie et s'en est sortie, pharmacienne, mariée à un type bien, en province. Si elle était restée dans cette cité, son destin aurait suivi un autre cours. Là où on ne peut pas bien grandir, on finit mal.

Ici, rien ne change. Les gens n'ont pas bougé, les histoires circulent toujours, les prénoms des enfants ne sont plus les mêmes mais les faits, si. L'angoisse. Son sac prêt, il embrasse sa mère tendrement. Elle lui prête une joue distraite de femme occupée. La vaisselle, le rangement, les prochaines fournées de la boulangerie, elle n'a pas le temps de voir passer son fils. Il se sent si loin d'eux, il voudrait que ce soit autrement, ils sont ses géniteurs, ses parents, ils devraient être une famille. Pourtant, avec eux, Aymard est comme seul.

Partir lui fait du bien, l'air frais lui fouette les joues et l'ambiance glauque des allées sales et du béton triste glisse maintenant sur lui. Il rejoint la rue d'un pas lent et penseur. Une grosse veste doublée kaki et un sac sur l'épaule, les cheveux un peu longs parce que la mission du moment l'exige, Aymard pourrait être n'importe quel voyageur. Pour tout le monde dans la cité, il est effectivement journaliste, il a le look sportif adéquat, conforme à celui d'un reporter. Le froid a chassé les lascars qui dealent au coin d'habitude, l'arrêt de bus est vide, les passants sont rentrés chez eux. Le dimanche pèse de toutes ses forces sur la rue.

Une camionnette noire vient de tourner à l'angle et arrive vivement dans son dos. Une fois à la hauteur d'Aymard, elle ralentit et freine sèchement. Des portes latérales coulissent, deux hommes cagoulés bondissent et saisissent Aymard de chaque côté tout en le gazant avec des bombes lacrymos. L'agent, surpris puis aveuglé, essaie de se débattre mais en deux secondes, ses agresseurs l'ont poussé dans le véhicule et sont en train de lui attacher les mains avec des serreflex. Il est par terre, pieds et poings liés, ses yeux brûlent comme si on lui avait jeté de l'eau bouillante à la figure. On l'a bâillonné. Surtout, pour la première fois de sa vie, il a peur. Para aguerri, espion confirmé, il n'a jamais craint pour sa vie. Mais là, on vient de le kidnapper et ça ne peut pas être bon signe. Il serait grillé ? Sa mission… Où aurait-il commis des erreurs ? Aymard cherche à comprendre, malgré la panique, mais n'aboutit nulle part. Il n'entend pas ses ravisseurs qui sont au moins trois, les deux qui lui ont sauté dessus et un autre qui conduit. Professionnels, à voir la facilité déconcertante avec laquelle ils l'ont chopé.

Au début, il n'entend rien dans la camionnette à part le bruit de son châssis sur la route. Soudain, de la musique arabe, de plus en plus forte, trop forte.

Qui sont ces types ? Cette situation pue. Serait-ce une vengeance d'un groupe de terros dont il aurait buté le chef ? Si c'est le cas, il n'en sortira pas vivant.

Le voyage a été long. Il a duré toute la fin de l'après-midi et une partie de la nuit. De toute façon, Aymard n'a plus aucune notion du temps à force d'être transbahuté comme ça pendant des heures, sans rien voir avec cette musique qui ne s'est pas arrêtée. Quand la camionnette stoppe enfin, il ne sait pas s'il doit se réjouir ou pleurer, avant de mourir. D'autres auraient déjà pissé dans leur pantalon de trouille. Lui, il hésite entre la résignation et l'instinct de survie. Ils le sortent et le poussent. Sous ses pieds, il sent de la terre, des cailloux, un chemin irrégulier. Et puis, des marches sur lesquelles il bute, un sol plat et, de nouveau, un escalier qui descend.

À l'odeur, Aymard comprend qu'il se trouve dans une cave humide comme il se doit. Pourquoi ne l'ont-ils pas flingué dehors ? Ses yeux abîmés le font souffrir depuis des heures. Il rêve d'eau. Il voudrait rincer ses yeux et boire. Sa gorge s'est desséchée avec la peur.

Ils l'assoient sur une chaise et lui retirent son bandeau. Il ne voit toujours pas, flou, mal, très mal, il préfère fermer les yeux. Ils viennent d'allumer une horrible lampe à la lumière blanche violente. Comme si on lui remettait une dose de lacrymo, une douleur aiguë lui transperce le visage. Mais ils ne lui laissent pas le temps de souffrir. Ils enchaînent avec un interrogatoire. Une voix déformée surgit de derrière la lampe.

— Ton nom ?

— Miguel Rety.

— Ton vrai nom.
— Miguel Rety.

Là, de derrière sa chaise, un homme était apparu et lui avait mis une énorme claque dans la gueule. L'autre avait reposé tranquillement sa question, sur le même ton. Aymard n'avait pas changé de réponse. Son intervieweur lui avait alors expliqué qu'il avait intérêt à dire la vérité, autrement il risquait de souffrir. Ils savaient des trucs sur lui, il était inutile de mentir. Aymard avait rétorqué : « Puisque vous croyez savoir, pourquoi vous me posez la question ? Vous perdez vot… » Il n'avait pas achevé sa phrase, une main avait volé dans son visage et le sang chaud commençait à couler dans sa gorge et son nez. Un bout de dent s'était cassé et naviguait dans le flot rouge qui avait envahi sa bouche. Une nouvelle question était arrivée : « Pour qui travailles-tu ? » De la même façon, il avait dit la vérité, qu'il bossait pour la télé, « L'Info en continu » en particulier. Une chaîne internationale qui diffusait des reportages. Le lendemain, il devait partir couvrir l'expulsion des Palestiniens de Libye mais avait décidé de taire cette information qui pourrait prêter à confusion et peut-être les exciter encore plus contre lui.

Ils l'avaient roué de coups. Il persistait à jouer Miguel, à ne rien dire d'Aymard et ça les énervait beaucoup. Il s'étonnait qu'ils ne lui aient pas encore coupé un doigt ou deux, c'était le genre pourtant. Après les poings dans le visage, ils avaient sorti des électrodes.

Aymard tenait sa ligne, ne lâchait rien. Les douleurs se superposaient sans le neutraliser. Il était un spasme. Au fur et à mesure qu'ils le torturaient, sa haine enflait et l'aidait à supporter. Il préférait mourir que de craquer. On lui avait enseigné que la trahison est méprisée autant par celui qui en profite que par celui qui en pâtit.

Les questions martelées, les réponses de plus en plus faiblement énoncées. Sa bouche était en charpie, à chaque mot, il craignait d'avaler une dent. Il aurait pu devenir fou à répéter toujours la même chose, mais de cela également sa colère le préservait. Elle le structurait. Il se promettait qu'il se vengerait, qu'il exploserait la tête de ces malades. Jusqu'au dernier.

En attendant, s'il avait encore un corps, il ne le sentait plus. Il s'était endormi. Peu de temps, cinq minutes peut-être. Ils l'avaient réveillé en secouant sa chaise par les pieds comme un prunier, ils avaient recommencé avec leur interrogatoire qui tournait en rond, qui ne voulait rien dire.

Au bout de quatre jours qui avaient paru dix ans à Aymard, ils avaient relâché la pression. Ils lui avaient donné de l'eau, un peu de soupe, le seul aliment qu'il était encore apte à avaler. L'agent s'attendait à un retour de bâton. Cela aussi, il l'avait appris : la gentillesse soudaine procède la plupart du temps d'une stratégie de manipulation. Dans quelques minutes, il subirait à nouveau les coups, les brûlures de clopes sur les bras, les électrodes.

Sans pitié. Il était tombé sur de vrais durs. Il leur tenait tête même si sa nuque, justement, ne portait plus sa tête. Les bleus avaient eu le temps d'affleurer, il était tuméfié.

Bizarrement, après la soupe et la tasse de café, il ne se passa rien, ils ne le tapaient pas, le laissaient tranquille. Aymard en profita pour se relaxer, et roupiller quelques minutes, le plus possible. Cette fois, il a l'impression de dormir au moins vingt minutes, en tout cas, ça lui paraît plus long que la fois d'avant. Et quand ils le réveillent, ce n'est pas pour le claquer.

Des trois hommes qui se tenaient dans la pièce, deux sortent. Le dernier, à l'étonnement d'Aymard, fait le geste d'ôter sa cagoule. Dessous, une tête qu'il connaît, un membre du Service Action, un capitaine réputé pour ses faits d'armes. Vincent, croit se souvenir Aymard, qui était passé par Beyrouth, le Tchad, la Nouvelle-Calédonie, un ancien des Forces Spéciales qui œuvrait maintenant dans l'ombre de la DGSE.

Aymard avait réagi, malgré sa fatigue, malgré son état :

— C'est quoi, putain, ce cirque ?

— Je vais vous expliquer, Aymard.

— Comment vous pouvez faire ça aux vôtres ? Vous êtes un sacré enculé, mettez-moi un blâme, je m'en fous, allez-y, espèce de sale connard, vous me torturez depuis quatre jours, c'est quoi votre problème ? Vous êtes complètement cinglé, putain, je comprends pas, qu'est-ce qui se passe ?

— Je vous félicite, Aymard, vous venez de réussir un test, comme vous le soulignez, très difficile. Vous êtes apte à faire partie de la Cellule Delta.

— De quoi parlez-vous ?

— De la Cellule dans laquelle vous venez d'être intégré. Je suis chargé de son recrutement et de son commandement.

— Qu'est-ce que c'est que cette histoire ?

— Cette Cellule vient de naître à l'intérieur de la DGSE dont elle bénéficiera d'un point de vue technique, mais dont elle est totalement indépendante. Par ailleurs, personne, je dis bien personne, ne connaît notre existence, nous agirons dans un secret absolu qu'il faudra garder précieusement. Seront au courant les membres de la Cellule et Cyprien, notre chef, en lien direct avec le président de la République. C'est tout. Nous sommes des serviteurs du président et notre rôle est d'empêcher que des prises d'otages comme celle de l'A-300 se reproduisent. Vous comme moi avons lutté contre les islamistes algériens ces dernières années, nous allons continuer. Notre rôle est de les abattre avant qu'ils aient les moyens de nous toucher et d'attaquer notre pays. Il faudra agir comme vous le faisiez au sein du Service Action, sauf que là, vous irez jusqu'au bout, vous ne resterez pas à surveiller ces islamistes radicaux, vous les chasserez pour les éliminer.

Le cerveau d'Aymard, malgré ce qu'il venait de subir, tournait à toute vitesse. Le discours de son vrai-faux tortionnaire provoquait en lui un genre d'excitation étrange. Comme s'il attendait depuis longtemps qu'on lui dise cela, qu'on l'autorise à régler des problèmes, à terminer les missions. Il avait l'impression d'être dans une espèce de rêve qui avait démarré en cauchemar. En fait, il avait réussi l'épreuve, le rite de passage, il avait résisté à la torture, à la douleur, il n'avait pas balancé.

Le capitaine achevait de lui expliquer en quoi consistait la Cellule Delta. Ils seraient cinq, ils n'auraient pas à être formés puisqu'ils l'étaient déjà, en tant qu'agents du Service Action. Les missions ressembleraient à celles qu'ils avaient déjà effectuées dans le cadre de leurs fonctions à la DGSE. Le pré-opérationnel serait identique, une RFA (renseignement à fin d'action). Mais l'opérationnel serait concentré ensuite sur le traitement des cibles.

— L'esprit de la Cellule Delta est différent, très différent du Service Action. Jusqu'à présent vous étiez seul, vous avez appris l'indépendance, la déconnexion d'avec les autres pour la protection du Service. Même quand vous étiez amené à croiser d'autres agents au cours de vos missions, le rapport restait superficiel et circonstanciel. Maintenant, vous allez être une équipe, nous allons être une équipe ultra-performante parce que nous aurons additionné nos compétences pointues et les aurons articulées pour qu'elles forment une machine redoutable, terriblement efficace, la Cellule Delta. C'est cela que vous avez encore besoin d'apprendre, à être le composant d'une Cellule Delta…

Une bouffée de chaleur envahit Aymard, une fièvre spéciale qui le ramène à lui-même, à des pulsions anciennes, et qui anesthésie ses plaies. Il s'exclame d'une voix abîmée :

— J'en suis !

Dans ce cri du cœur, Aymard a mis ses dernières forces. Juste après, il s'évanouit. Vincent sourit, touché par la résistance et l'enthousiasme du gars. Un de plus. Sa meute prend forme. Il lui faut avertir Cyprien pour qu'il passe le message au président : la Cellule est presque au complet. Vincent s'est rendu compte que son étude des candidats à la Cellule était conforme à la réalité. L'un après l'autre, ils avaient eu les comportements correspondant aux profils établis.

Le Libanais, l'as de l'informatique, malin et débrouillard, avait joué les idiots, avait répondu à côté des questions et cherché un moyen de s'évader. Vincent avait remarqué qu'il essayait de voir nettement la pièce dans laquelle on l'avait enfermé, d'évaluer le nombre de ses geôliers.

Le senior, Henry, lui, n'avait pas ouvert la bouche. Il opposait un silence total à chaque interrogation. Il ne bronchait pas, on aurait dit une statue de bronze. Les coups qui pleuvaient l'avaient à peine ébranlé. Rien ne le traumatisait plus, lui qui avait connu l'Irak, la première guerre du Golfe. Depuis, du haut de son petit mètre soixante-dix, il tutoyait la peur et résistait à tout.

Dans sa sélection, Vincent n'avait presque pas de « déchet ». Un seul avait failli sur les trois qu'il voulait recruter. Nicolas. Copain d'Hichad, il paraissait, sur le papier, un élément intéressant à intégrer. Excellent sniper, athlète capable de tuer rapidement et proprement, il complétait parfaitement la Cellule. Mais l'homme n'était pas au niveau du combattant. Et l'interrogatoire permit de le découvrir. Au bout d'une seule journée de mauvais traitements, Nicolas avait confessé sa véritable identité, son appartenance aux Services et donné des bribes d'informations sur sa mission du moment en Algérie contre une tête du GIA.

Déçu, Vincent avait eu presque envie de le faire dégager de la DGSE. Sauf qu'il ne le pouvait pas car il n'aurait pu justifier le renvoi. Le recrutement de la Cellule, ultra-confidentiel, aurait dû être évoqué et Vincent le refusait. Il avait gardé sa cagoule et ramené Nicolas, qu'il méprisait maintenant de toutes ses forces, jusque chez lui ; il l'avait finalement jeté sur le trottoir. Ce qui l'embêtait, en plus de s'être trompé et de devoir abandonner un des éléments choisis, était le risque de laisser le traître dans la nature. Il avait failli une fois, il pourrait recommencer. Il essaierait de l'avoir à l'œil autant que possible.

Il restait Annie à tester. Et sa Cellule pourrait se mettre en action. Il allait gagner. Il se battait depuis plus de six mois pour la monter. Il avait fallu convaincre Cyprien au moment où il s'apprêtait à prendre le commandement de Cercottes et lui donner tous les arguments nécessaires pour qu'il obtienne, à son tour, l'aval du président de la République. Le processus avait pris des mois, pendant lesquels Vincent rongeait son frein. Son état de nervosité était extrême, il ne pourrait se calmer qu'une fois la Cellule créée. Lui, le type tranquille, le placide, avait vrillé le 26 décembre 1994.

L'ASSAUT
DÉCEMBRE 1994, PARIS, FRANCE

Il était alors en vacances de Noël, une permission de quelques jours destinée à voir sa famille. Rentré depuis deux jours, il avait un peu de mal à communiquer chaleureusement avec sa femme qu'il voyait trop peu. Le contact se rompait trop souvent et, au fil des mois, il devenait de plus en plus difficile de le rétablir. Avec sa première épouse déjà, les rapports s'étaient dégradés dans le silence, dans l'absence. Au début, elles étaient assez flattées d'être mariées à des types virils, responsables, qui couraient des risques pour leur pays. Mais la réalité corrigeait le fantasme et ils devenaient ce qu'ils étaient : des maris fictifs.

Dès qu'il était arrivé, il lui avait fait l'amour mais avait bien senti que le cœur n'était pas là. Elle n'était pas là. Elle se vengeait de son absence en quittant son corps pendant leurs ébats. Le plaisir, elle le prenait sans âme, avec une froideur qu'il ne reconnaissait pas.

Et, depuis deux jours, elle ne disait rien, ne posait pas de questions, n'essayait pas de discuter avec lui. Elle ne racontait rien non plus. Seul leur fils parlait pour habiter ce silence.

Il était vingt heures, ils allaient dîner. Le père et le fils étaient à table, tandis que Stéphanie, la mère, s'affairait dans la cuisine. Le repas n'était pas prêt. Alors, Vincent s'est levé pour allumer la télé et voir les infos. Il a choisi une chaîne d'info en continu, LCI.

Immédiatement, des images ont sauté au visage de l'agent : le tarmac d'un aéroport, des mecs du GIGN qui montent, des tirs… La scène, ultrarapide, a cloué Vincent. Il a halluciné. Sa femme est arrivée, a posé un gratin de courgettes sur la table ainsi qu'un rôti et a proposé à ses hommes de se servir. Mais personne n'a bougé.

En vingt minutes, la situation s'est réglée avec l'assaut du GIGN. Mais trois passagers avaient déjà eu le temps de mourir. Vincent était choqué. Ce qu'il ne saisissait pas, c'est comment cette situation avait été possible. Comment des terroristes avaient-ils pu monter tranquillement dans un avion, en prendre le contrôle avec l'objectif d'aller s'écraser sur la tour Eiffel ? Pourquoi personne n'avait été informé ? À quoi servaient les services alors ? Insensé que personne n'ait réussi à parer l'action de ces islamistes suffisamment sûrs d'eux pour vouloir faire péter Paris !

Le vingt heures était passé à autre chose mais Vincent, lui, était resté anéanti, devant son assiette pleine et encore chaude. Stéphanie le regardait du coin de l'œil, en mangeant. Il était pâle et semblait très préoccupé. En fait, il réfléchissait déjà : comment empêcher que cela se reproduise ? Parce que la fois suivante, nul doute pour Vincent qu'ils atteindraient leur but, ils seraient mieux préparés, ils auraient tiré les leçons de leur échec à Marignane.

Et la solution a explosé dans sa tête. Il a imaginé un groupe de soldats superentraînés voué à identifier les terroristes partout dans le monde et à éradiquer ceux qui mûrissent des plans d'attaque du territoire français.

Anticiper la menace et la dissiper, avec des balles. Mener une guerre souterraine, entre pros du sang, pour empêcher une guerre dehors, avec des civils.

Il était décidé, il se donnerait les moyens de rassembler une meute d'agents, une fratrie unie chargée d'assassiner les ennemis de la République.

Stéphanie a éteint la télé et débarrassé les plats et les assiettes. Devant Vincent, une tasse de café noir et du sucre. Leur garçon est parti dans sa chambre. Elle s'est assise en face de lui, a allumé une cigarette et d'une voix nonchalante et dégoûtée, elle lui a dit : « Je m'en vais, Vincent, je te quitte. Tu m'as trop niée, trop trompée, trop blessée. Tu n'as même pas remarqué que j'avais fait mes valises, j'ai attendu jusqu'à aujourd'hui pour voir. Mais rien à faire. »

*

Ce soir, au contraire, c'est sa fête. Vincent a accompli sa mission, dégommé à Beyrouth un des financiers d'AQMI, coupé un de ses robinets à pognon. Sans bavure, en douceur. Du beurre. Si toutes les opérations pouvaient se passer comme ça… Hichad a remporté sa partie de poker, il arbore un sourire éclatant, bien blanc dans son visage brun de Libanais, et pose son portable. Deux fois plus de motifs de s'éclater ce soir, c'est ce qu'il se dit quand Aymard se lève et interpelle Henry : « Alors l'œnologue, tu nous l'ouvres ta bouteille spéciale choisie avec science et amour ? » Les autres se marrent, sauf Vincent qui les rejoint au bar et défend son pote, le seul qui ait sa maturité : « Henry, lui, ça l'intéresse les révolutions arabes, et il a raison de s'y intéresser. »

Parce que, décidément, il ne tient pas à être sérieux, ou à moitié, Hichad taquine son boss : « Forcément, chef, tu vois l'émancipation des Arabes comme un problème, toi ? Le printemps arabe ou le bourgeonnement du terrorisme, c'est ça ? Ne me dis pas que pour toi tous les mecs qui se tournent vers La Mecque ont un fusil sous le tapis ? » Vincent ne répond pas, comme s'il consentait. Aymard, comme Hichad, trouve Vincent et Henry un peu grossiers dans leur appréciation de l'Islam.

Henry essaie de se justifier : « Je ne dis pas qu'ils ont tous des bombes, je dis que certains islamistes nourrissent une haine qui grandit toujours davantage. C'est bien que des enfoirés comme Kadhafi soient renversés mais il ne faudrait pas que d'autres prennent sa place et se retournent contre nous en plus de se retourner contre leur peuple. »

Le plus âgé des Delta n'est pas d'une nature particulièrement optimiste. Ce qui l'inquiète en l'occurrence, c'est de n'avoir pas vu venir ces bouleversements. Hichad, lui, boit du petit-lait, parce qu'il a été le seul à faire remonter des informations valables et justes sur ce qui est en train de se passer. En spécialiste de l'informatique, du Web, de la manipulation via les réseaux sociaux, il a collecté un bon paquet de signes venant d'Égypte, de Tunisie, de Libye…

Dans la salle, ils lèvent leur verre à l'issue de Beyrouth, à leur santé, à leur groupe et aux révolutions arabes. En trinquant avec ses quatre Delta, Vincent prend conscience qu'ils sont devenus une bande.

Vincent revoit ses Delta, seize ans plus tôt, sur le tarmac de Cercottes, un mois après leur recrutement.

Le Passage
septembre 1995,
Base de Cercottes, France

Dans son anorak épais kaki, Annie disparaît complètement. Les yeux encore collés par l'heure très matinale, la mèche en bataille dans le vent. Le mois de septembre est frais cette année. Et l'atmosphère dans l'équipe, pour l'instant, n'est pas très joviale. Comme une impression de compétition… Les hommes sont ainsi… Elle, grâce à son père, se met plutôt en concurrence avec elle-même, elle cherche à se dépasser. Être meilleure, fixer une ligne d'excellence.

Quand Vincent l'a reçue après le trash test de recrutement, il a souligné que, chez elle, il appréciait cette qualité. Il l'avait, entre autres, choisie pour ça. Il lui a aussi parlé de sa colère, mise en garde contre elle.

Depuis cette discussion, elle a remarqué qu'elle n'est pas la seule, ils sont tous en colère. Sauf Henry peut-être. Lui, il ne résout pas ses problèmes en se battant, il bosse pour sa patrie. D'une enfance passée avec un père violent, il a conclu que la colère était laide, même justifiée, et qu'elle abîmait surtout celui qui la porte. Par la politesse, qu'il a toujours vue chez sa mère, femme digne et distinguée aux grands sourires courtois sous un œil au beurre noir, il a dompté son envie de mordre ou de se cacher. Sa colère, il la contrôle en uniforme, en groupe aussi.

Aymard, lui, parle peu mais dégage une intensité qui ne trompe pas. Plus spécial encore, Hichad dont les yeux sombres la scrutent en permanence. Elle les connaît ces gars, ses nouveaux amis, ils viennent tous du Service Action. Pourtant une gêne, certainement due au fait de se retrouver embringués ensemble dans une cellule secrète, est palpable. S'ils sont là avec elle, c'est qu'ils ont résisté à l'examen de passage, qu'ils sont courageux, ou fous. Précisément, elle n'aura plus à dissocier les deux chez les Delta.

Les quatre jeunes Delta sont alignés au pied d'un hélicoptère ventru avec un museau noir, un super Puma. Ils n'ont aucune idée de là où ils se rendent. On leur a dit de prendre un fond de sac, le strict nécessaire. Comme s'ils partaient vingt-quatre heures. En fait, ce sera deux mois.

Vincent les rejoint et leur dit seulement : « Vous avez dû entendre parler de la ferme de la CIA. Et bien nous en avons une aussi… C'est là que nous allons. »

L'annonce leur fait plaisir, aux quatre. Ça les flatte, en fait, de se dire qu'ils sont invités dans une ferme secrète identique à celle d'un des meilleurs services de renseignement du monde. Et ça les excite.

Dans le Puma, personne ne décroche un mot, ni ne pose de question sur ce qu'ils feront exactement là-bas. Ils découvriront le programme au fur et à mesure. L'effet de surprise doit tester leur capacité de réaction, d'adaptation et les place d'office dans une vulnérabilité partagée.

Autour d'eux, le ciel s'éclaircit, le soleil se lève enfin. Ils survolent des massifs montagneux. Ils effectuent un vol à basse altitude. Sous la lumière rasante de la saison, les teintes de vert et d'orangé se dévoilent. Par déduction, Aymard parie sur l'Ardèche. Il a supprimé les Alpes, les Pyrénées... Il a raison. C'est dans les coins les plus reculés de ces massifs qui ont caché jadis les rebelles protestants et, au XXe siècle, les maquisards, les combattants de la liberté, qu'on les emmène former un groupe. Le Vercors. Lieu symbolique de la Résistance qui a enfanté les services secrets français et leurs techniques d'espionnage, de manipulation, de combat. Cette région prend Vincent aux tripes à chaque fois qu'il la survole. Il pense à son grand-père, prisonnier de guerre évadé qui a rejoint de Gaulle à Londres puis a débarqué en Provence le 15 août avant de survivre à l'Indochine et à la Corée. Son père, quant à lui, a intégré les forces spéciales pendant la guerre d'Algérie. Deux modèles, une même structure de bonhomme héroïque, de guerrier solide.

Un genre de week-end d'intégration, c'est ce à quoi s'attendent les quatre recrues. Sans bitures ni déconnades puisque, ils l'ont déjà appris au Service Action, ce n'est pas le genre de la maison. Plutôt un programme pointu d'entraînement ensemble, pour mieux se connaître.

Le Puma arrive au-dessus d'un champ dont les herbes hautes dansent sous la ventilation de l'hélicoptère. Il s'y pose et, quand les quatre apprentis Delta mettent le pied dehors, ils découvrent, à une centaine de mètres, deux bâtisses. Une ferme et, à proximité, un immense hangar. Vincent descend à son tour de l'engin et prend la direction de la ferme de montagne dont le toit très bas la protège des coups de vent, de pluie et de neige. Tout en longueur, elle comporte une grande pièce à vivre avec une cheminée monumentale et des chambres à l'étage, où la chaleur monte pour la nuit.

Dans le coin où se trouve la cuisine, des paniers de fruits et légumes, des packs de lait, des conserves. Le ravitaillement s'est fait tout seul et à voir son volume, ils risquent quand même de rester quelques jours. Ils ont à peine eu le temps de faire le tour de la baraque que Vincent leur ordonne de le suivre. C'est le hangar qui compte, pas le corps de ferme.

En y pénétrant, Aymard est impressionné par sa superficie. Gigantesque… et aménagé. Un champ de tir, une partie gymnase, et derrière, encore une autre aire cachée par des contreplaqués. Celle-là, ils la verront plus tard. Le brief de Vincent sera très court : « Vous êtes là pour que votre groupe se soude. Et ce n'est possible que par l'expérience commune de l'effort, du combat. Ici, vous comprendrez que, individuellement, vous ne comptez pas. Vous n'êtes rien. En étant un Delta, vous devenez un atome, un élément, le doigt d'une main qui ne peut rien seul. À partir de cette minute, nous sommes une main et nous allons apprendre à nous articuler. »

Henry ne pouvait s'empêcher de sourire. Plus âgé que les trois autres, il avait sa petite idée de ce que Vincent leur réservait. Ils allaient en chier. Et cette perspective l'amusait parce qu'en effet, le séjour serait un moyen de mieux connaître ses nouveaux compagnons. De savoir ce qu'ils avaient dans le bide, les juniors.

En fait, ça avait été pire que tout ce qu'Henry avait imaginé. Leur première journée avait duré quatre jours. Ils étaient partis tous les cinq pour une « marche à la mort ». Les sacs lestés que Vincent leur avait demandé de mettre sur leur dos ne leur paraissaient pas si lourds au début. Leurs trente kilos ne pesaient pas sur ces corps taillés par le Service Action. Mais après seulement trente minutes à crapahuter sur des chemins escarpés, ils souffraient sous le chargement, plombant comme un bloc de marbre.

Lot commun
septembre 1995, Ardèche, France

Le principe de la marche était simple et cruel, c'était le 2-30 : deux heures de marche, trente minutes de repos. Elles ne suffisaient pas, ces demi-heures de repos, et surtout ils perdaient au bout d'un moment la notion du jour et de la nuit. L'alternance rapide accélérait le temps, le tempo, répétitif, rendait fou, usait vite. Au bout de vingt-quatre heures, les cinq Delta avaient déjà atteint un état qu'ils imaginaient être le dernier stade de la fatigue, celui au-delà duquel on tombe sur les genoux avant de s'écrouler complètement. Des bouquets d'ampoules leur brûlaient la plante des pieds, leurs genoux craquaient, leurs mollets tiraient, les tendons de leurs talons grinçaient, leur nuque, vrillée, leur corps les torturait. La montagne et les milliers de pas qu'ils devaient y faire leur infligeaient un véritable martyr.

Ils étaient si crevés qu'ils n'avaient pas même le courage de se parler, de sorte qu'ils apprenaient à se comprendre sans mots. À tour de rôle, toutes les douze heures, ils prenaient la responsabilité du guidage avec une carte IGN 1/25 000. Le circuit correspondait sur la carte à une boucle géante. Il n'était pas question de se planter d'itinéraire sous peine de se fatiguer un peu plus. Le chargé d'itinéraire avait la pression de prendre les décisions pour son groupe, d'entraîner tout le monde dans ses choix. La constitution de la meute que voulait Vincent passait par de telles mécaniques. Ils avaient parcouru la forêt comme ça, en mode 2-30, pendant une semaine. Le cap de l'exténuation n'en finissait pas de reculer. Annie, parce que la plus petite, était la plus atteinte, elle n'arrivait même plus à manger les quelques biscuits qu'ils s'offraient en guise de repas. Aymard la forçait, lui mettait quasiment la nourriture dans la bouche. Il avait, dès les premières heures, remarqué que ses jambes plus courtes que celles des hommes la contraignaient à multiplier les pas. Son sac à dos était aussi grand qu'elle, elle était drôle à voir. Obligée à davantage d'efforts, elle était plus éreintée que les hommes. Le troisième jour, n'arrivant plus à marcher, elle s'était coincé le pied dans une racine et s'était étalée et griffé le visage. Elle avait serré les dents. Elle avait marmonné, répété deux trois fois « Il est pas bien, Vincent, il est pas bien ce mec » et s'était tue, avare de l'énergie qu'elle n'avait plus. Le milieu dans lequel ils évoluaient n'était pas particulièrement hostile mais il pouvait le devenir, dans un moment d'inattention.

La nuit, ils n'utilisaient pas de lampes, si ce n'est une loupiote rouge pour éclairer la carte. Or, les gorges de l'Ardèche peuvent s'avérer dangereuses. L'accident se tapit sous chaque foulée. Et il ne manqua pas de se produire. Alors qu'ils marchaient en file indienne, lentement, vers quatre heures trente du matin sur un chemin raide et rocheux, un cri les fait sursauter, suivi d'un bruit sec. Une boule se forme dans les gorges, une bouffée de chaleur, une fixation de la pupille. Vincent décroche sa lampe et se précipite vers le bord de la falaise, en balayant le ravin sept mètres plus bas, il éclaire la tête d'Hichad, allongé sur le dos. Il n'est pas blessé. Son sac de trente kilos vient d'amortir sa chute et de lui sauver la vie. Il explose de rire et ses compagnons de calvaire le suivent. Un rire collectif éclate et se propage dans la vallée. C'est Vincent qui descend en rappel pour faire remonter l'accidenté.

Le vol d'Hichad et son atterrissage sur le dos resteront gravés dans les annales de la Cellule. Après une semaine longue comme une éternité gelée, les cinq soldats de l'extrême atteignent le plateau de leur ferme. Avec une joie silencieuse d'hommes à moitié morts. Ils sont maigres et creusés, burinés par la vie au grand air, affamés et sales. Vincent se fout d'Henry, le traite de putois, et Aymard enchaîne sur l'odeur de pieds d'Annie qui va bientôt les tuer après avoir fait tomber les poils de leur nez. Les blagues fusent et ne volent pas haut finalement, au niveau de l'animalité à laquelle ils sont revenus ensemble pendant cette épreuve prolongée. C'est cette promiscuité psychologique dans laquelle Vincent les a entraînés qui fonde leur identité de Delta.

L'autre moyen trouvé par Vincent pour consolider les liens dans son groupe était « les tirs de confiance », une technique inspirée du GIGN. Derrière les contreplaqués du hangar se cachait la reconstitution d'un appartement. Une porte donnant sur un salon avec un canapé Chesterfield contre le mur en face, un fauteuil sur la droite, une table basse, des lampes, une cuisine avec un bar en entrant. Dans ce faux logis, Vincent leur a expliqué comment procéder.

Chacun son tour, un des Delta prend place dans l'appartement, à un endroit, sur le canapé par exemple. À côté de lui et sur le fauteuil, il installe des cibles, en l'occurrence des contreplaqués sur lesquels ils ont dessiné la tête du terroriste Carlos. Puis, il en pose d'autres un peu partout dans la pièce.

Les autres Delta vont entrer par deux après avoir fait sauter la porte avec un bélier. L'un des deux s'engouffre le premier, s'approche au plus près des cibles et les traite au glock 17, le meilleur complice des Delta. Il doit faire vite, en abattre le plus possible, sans balle inutile, et s'écarter afin de laisser rentrer le reste de la troupe, en l'occurrence un seul agent qui finalise le boulot de plus loin. L'exercice se révèle difficile car celui qui se mélange aux cibles, qui fait l'otage en somme, modifie tout le temps son emplacement et doit accorder une confiance immense à son collègue qui, dans la hâte et la confusion des changements systématiques, pourrait lui tirer dessus au milieu des Carlos. Un gilet pare-balles ne met pas à l'abri d'un tir dans la tête.

Vincent participe aux exercices. S'il est le chef de la Cellule, il en est avant tout un élément. À lui de gérer l'alliance de l'étroite proximité avec l'autorité nécessaire, cette cohabitation délicate, l'apanage des officiers. Il est le meilleur dans l'exercice de confiance car il a personnellement recruté chacun des agents. D'eux, il sait tout, y compris ce qu'ils ne savent pas eux-mêmes. Sûr de son recrutement, il n'éprouve aucune peur quand, assis sur un vieux canapé, il attend que ses gars entrent en tirant.

À part l'angoisse, la fatigue, et la responsabilité pour les autres, les Delta partagent des moments de convivialité à la ferme. Ils font la cuisine et dévorent des assiettes énormes de pâtes et de charcuterie. Taiseux, Vincent les observe se marrer, échanger. Il regarde de près les liens de bienveillance mutuelle qui se tissent entre Aymard et Annie, et la tendresse qu'Henry porte à Hichad, son cadet. Les rôles se sont vite distribués, le Libanais inventif et explosif, Henry solide et carré, Aymard discret et réactif, Annie chaleureuse et précise. Sa famille d'agents s'était composée et elle lui procurait une satisfaction qu'il avait rarement ressentie.

Les journées sont denses. Le réveil à cinq heures trente, les quinze kilomètres de footing et l'heure de muscu, auxquels s'ajoutent d'interminables séances de tir. En effet, Vincent leur fait réviser quelques fondamentaux. Alors, ils bouffent de la cible du matin au soir.

Tous les genres de tirs y passent : ils font du tir posé mais aussi du tir pratique. Ils doivent réapprendre à dégainer vite face à un ennemi. C'est un coup de sifflet qui donne le signal. Il faut avoir le geste souple et fulgurant. Plusieurs positions sont travaillées : de face, de profil et de dos. Pivoter le plus vite possible et faire feu. Diverses armes sont employées pour s'habituer à toutes. Vincent, lui, se régale du tir à l'épaule avec des fusils tels que le M-16 américain ou un AK-47 avec une crosse en bois. Et puis avec des pistolets aussi : un glock 17, le semi-automatique 9 mm le plus adapté pour des Delta. Petit, léger en raison de son corps en plastique, inoxydable, et incroyablement contenant et sûr. L'arme est fiable et précise. Si une erreur de tir se produit, elle ne peut que provenir de son utilisateur. Après le pistolet, il leur distribue des pistolets-mitrailleurs automatiques à trois coups, les célèbres Allemands, HK MP-5. La machine pistol 5 est l'arme préférée des groupes d'intervention, du GIGN au SWAT en passant par le SAS. Parfaite pour opérer dans des espaces confinés, appartement ou avion.

Sur une crosse fixe viennent s'agripper des poignées et un sélecteur qui permet de choisir les positions « rafale libre », « coup par coup » ou « sécurité ». La flexibilité de la MP la rend ergonomique et lui a valu un immense succès dès l'après-guerre. Un temps délaissée au profit du fusil d'assaut, la MP-5 a fait un retour fulgurant appelé par les nouveaux modes de terrorisme pratiqués dans les années soixante-dix. La firme allemande Heckler und Koch, qui l'avait inventée, l'a perfectionnée et l'a vendue comme des petits pains, prospérant ainsi jusqu'à maintenant.

Les techniques de combat sont également revues et corrigées. La boxe, le karaté, le combat pied-poing ou à l'arme blanche. Ils goûtent à toutes les situations stressantes possibles pour être capables de les affronter. Comment désarmer un individu qui vous braque avec un flingue, comment libérer un otage, comment résister à un interrogatoire, comment changer rapidement d'apparence, comment faire exploser un bâtiment, une voiture, un terroriste. Tout est étudié dans le détail. Annie s'éclate avec le C-4. Hichad, lui, joue à faire sauter les téléphones portables en les piégeant avec leur message rigolo de bombe qui se marre avant d'éclater, façon Mossad. La boxe est le royaume d'Aymard qui met n'importe quel bonhomme au tapis en moins de cinq minutes. Henry, lui, apprécie spécialement le corps à corps et les mille et une façons de tuer un ennemi sans armes, avec ce que l'on trouve, un fil de fer, une ceinture… ou avec sa main. Il exulte de se savoir investi d'un pouvoir de mort avec sa seule main, de connaître les points mortels du corps humain, la trachée, le rocher…

Les Delta ont récapitulé toutes les techniques apprises au Service Action et surtout ont enduré ensemble pendant deux mois la fatigue, la peur, les responsabilités… Ils se sont soudés, comme Vincent l'attendait. Leurs personnalités se sont adaptées les unes aux autres.

Avec Vincent, Hichad par exemple a accepté de se soumettre, d'écouter avant d'agir. Le Libanais avait ce défaut de croire qu'il avait tout compris et de se lancer trop vite et mal. Ils s'étaient vus minables, exténués, affamés, grelottant dans leur pull sans tente la nuit ou dans leurs vêtements trempés par un déluge de trois jours. Leur ego s'était dissipé et ils s'étaient montrés nus aux yeux des autres, vulnérables mais forts. Ils avaient appris à s'aimer pour mieux partager le peu de ressources qu'ils avaient emportées pour la marche de la mort.

Après deux mois à vivre côte à côte, dans un rythme commun, effréné et déstabilisant, ils avaient développé des liens fraternels, forts. Ils avaient utilisé les veillées, vite écourtées, pour se confier les uns aux autres. Henry avait dit à Annie son hypersensibilité et les raisons de son entrée dans l'armée : retrouver une famille digne de ce nom, un père autoritaire mais juste, et l'occasion de sauver les autres. Il avait été le fils aîné, impuissant à protéger ses deux petites sœurs et sa mère contre les coups du père.

Hichad, lui, avait confié à Aymard son enfance beyrouthine et Vincent n'avait pas caché ses deux mariages ratés ni l'importance de son père dans son parcours de capitaine.

Ils avaient noué les liens nécessaires pour donner à la Cellule sa dynamique, son efficacité et sa longévité…

*

Aujourd'hui, ils sont encore plus soudés qu'à l'époque. Ils ont l'expérience en plus qui leur a donné les souvenirs collectifs, ce qui fonde une culture, un état d'esprit. Ils se connaissent par cœur, sont une famille qui se taquine, s'engueule, s'amuse, se sépare et se retrouve. En tout cas, dans la fratrie, ils sont tous aussi doués pour l'excès : Hichad et Annie ont déjà siphonné trois verres d'un romanée-conti sélectionné par Henry, dont c'est le métier, dehors.

Là, ils sont dedans, alors ils peuvent faire n'importe quoi, c'est sans conséquences. Et ils font n'importe quoi : deux heures plus tard, ils sont sévèrement bourrés, et trois d'entre eux dans l'incapacité de rentrer se coucher dans le lit de leur légende. Ils dormiront tous là. Sauf Vincent qui doit, lui, en tant que boss, garder le contrôle et quelques neurones pour son rendez-vous hebdomadaire avec Cyprien, fixé à cinq heures du matin. Ils doivent échanger sur l'opération.

Vincent s'interroge. Peut-être ses hommes ont-ils maintenant trop de métier ? Ils sont meilleurs mais plus sûrs d'eux aussi. S'ils respectent toujours les protocoles, ils prennent des initiatives aux conséquences incertaines. Les premiers temps, il se souvient qu'ils étaient plus réservés dans leur attitude et leurs décisions. Ils étaient plus gauches.

En intégrant la Cellule Delta, ils avaient dû trouver un autre rythme, une façon de fonctionner. Au Service Action, ils avaient appris la performance solo, l'isolement des missions, la survie individuelle pour la réussite collective. On leur avait enseigné toutes les techniques pour être des agents : le maniement des armes, les mille et une façons de blesser, de tuer. Mais tout ça était pour de faux. Ils accomplissaient des pré-opérations, des reconnaissances, renseignaient des dossiers, et passaient à autre chose. Ils n'allaient pas jusqu'au bout, jusqu'au contact avec leurs cibles, à leur élimination.

Ils avaient dû apprendre à penser autrement, avec toutes les perspectives en même temps, et apprendre à ne plus agir individuellement mais en chœur avec quatre autres agents et contre des ennemis qui étaient palpables, vivants, mouvants. À abattre. À l'époque de la ferme en Ardèche et de leur stage d'initiation, les têtes des terroristes étaient factices. Dessinées sur des cartons ou nommées sur des pastèques et des melons. Et quand les crânes-fruits explosaient, ce n'est pas du sang qui coulait, mais de la pulpe. Ça les faisait bien marrer le coup des compotes minute à la MP-5. Mais maintenant, c'était sérieux. Les terros étaient bien réels et, contrairement aux fruits, ils bougeaient, réfléchissaient et menaçaient la sécurité du pays.

*

Ils n'étaient pas les seuls à représenter un danger.

Le seul agent qui avait échoué au test de recrutement des Delta, Nicolas, avait d'abord été plongé dans l'incompréhension et la peur : il avait été kidnappé et torturé. Et il avait parlé. Ce qu'il avait avoué serait nécessairement utilisé par les ennemis. Mais s'il confiait au Service Action ce qui s'était passé, il serait viré sur le champ…

Le lendemain, il s'était rendu à Cercottes, les tripes en désordre, la conscience rongée, et avait rasé les murs avec sa gueule explosée par les mauvais traitements infligés, sans qu'il le sache, par les siens.

En panique, il avait prêté une attention particulière à tous ceux qu'il croisait et n'avait remarqué aucun regard étonné, méfiant ou réprobateur. Tout semblait normal. Il ne s'était rien passé, pas d'alerte au traître en tout cas. Et personne n'avait l'air de trouver sa tête suspecte avec ses deux yeux injectés de sang, ses contusions multiples, sa peau verte… Les corps d'agent ont la vie dure alors personne ne s'était étonné de la tête de Nicolas.

Surtout qu'il n'était pas le seul. À la cafèt', il avait vu, assise à une table, Annie qui montrait les mêmes signes extérieurs de douleur que les siens. Au bar, un peu plus loin, en train de boire un café, son pote Hichad qui, lui aussi, paraissait mal en point, fourbu et abîmé. Ils s'étaient salués et s'étaient regardés ensuite sans parler pendant quelques secondes. Nicolas avait compris quand Hichad n'avait pas répondu à son sourire. Ils avaient les mêmes blessures, ils auraient dû être complices puisqu'ils étaient déjà amis…

*

Vincent et Cyprien se rencontrent au restaurant self-service de Cercottes, désert compte tenu de l'horaire, dans la lumière faiblarde et orangée de quelques néons. L'entretien est bref. Vincent briefe l'homme à la cravate verte sur ce qui a été programmé dans cinq semaines pour Annie et Aymard, deux jours pour Hichad. Il ne lui a pas demandé son avis, il se contente de l'informer pour qu'il puisse jouer son rôle de courroie de transmission avec le président. Comme ça, si, par hasard, il se mettait à pleuvoir de la merde, ce dernier saurait d'où elle tombe. Cyprien fait ce qu'il faut, sobrement. Vincent lui est éternellement reconnaissant d'avoir œuvré pour l'existence de la Cellule et lui manifeste sa gratitude par une loyauté parfaite.

L'homme est rassurant, imperturbable. Il ressemble un peu à un bûcheron danois, blond, grand et posé. Il bluffe Vincent à chaque rencard par sa capacité à ne rien exprimer, à afficher un visage lisse qui ne laisse filtrer aucun sentiment. Sauf maintenant. Cyprien vient de froncer les sourcils, Vincent ne l'avait jamais vu faire avant.

— Ça ne vous plaît pas ce que je vous raconte ?

— Non, c'est la situation qui ne me plaît pas. Cette fois, nous avons manqué d'infos et nous continuons d'ignorer beaucoup trop de choses. Je suis inquiet parce que je crains que vous ne suffisiez pas pour le problème qui a pris de l'ampleur. Nos adversaires profitent du chaos pour se structurer et s'organiser. Vous savez, ils apprennent autant que nous apprenons à force de les combattre. Ils ont plus de moyens maintenant… Alors restez prudents. Pour info, cette opération s'appellera « Qui vive ». Avez vous récupéré le nécessaire ?

Ce que Cyprien appelle « le nécessaire », ce sont l'argent et les armes. La Cellule Delta, par ses opérations de grande ampleur, est gourmande en moyens, lesquels ne peuvent être imputés aux comptes de la DGSE. Les agents de Vincent touchent leur salaire de militaire, mais en plus reçoivent des émoluments qui leur sont versés depuis un compte localisé en Suisse. Il s'agit du compte d'une société-écran immobilière sur lequel les fonds affectés à la Cellule sont placés.

Les sommes qui alimentent ce compte très spécial ont une origine elle aussi très spéciale, voire douteuse : l'opération dite Félix. Elle consistait, en fait, à constituer des réserves de pognon via les comptoirs d'opium en Indochine pour les mettre à disposition de la vie parallèle de l'État. Grâce à la prospérité du marché des opiacées, Félix était devenu assez gras pour financer à long terme les opérations secrètes.

Comme la CIA avait financé sa guerre contre les communistes avec l'argent de l'héroïne au Vietnam, la DGSE s'était payée avec l'opium. Naturellement, ces fonds spéciaux étaient attribués au type de missions dont les Delta étaient investis.

Vincent acquiesce. Il sera prêt, il aura bientôt sa valise de billets pour régler « Qui vive ». Il rassure Cyprien qui n'a pas tort de le mettre en alerte. Vincent sait bien qu'ils jouent gros cette fois.

Il compte bien bétonner l'opération, gratter tous les renseignements possibles par toutes les voies et tous les moyens possibles. Il va mettre des pressions sur des contacts là-bas qui lui sont redevables, il va préparer Annie et Aymard au millimètre, établir les priorités de la préops, anticiper sur tout…

Une heure plus tard, allongé dans l'aube, Vincent ne cherche même pas à dormir.

Presse
mai 2011, Le Caire, Égypte

L'aéroport du Caire est moderne et fluide. Ralenti néanmoins pour les journalistes qu'on ne laisse entrer dans le pays qu'après maintes vérifications. Ils sont accoutumés à ce que, dans la plupart des pays du monde, on les reçoive mal. À l'école de journalisme, d'ailleurs, ils apprenaient en même temps que les techniques d'interview à mentir sur leur métier et à demander un deuxième passeport avec lequel pouvoir se fondre dans la masse des touristes. À certains endroits du globe, ces petites dissimulations sauvaient la vie.

Le problème pour Julie et Miguel est leur matériel professionnel qui prouve qu'ils ne viennent pas en Égypte seulement pour se balader et fumer la chicha. Deux grosses caméras, une perche, des micros, un téléphone satellite, des ordinateurs… quelques kilos de bagages, difficiles à cacher pour passer plus vite la douane. Ils vont devoir répondre à une batterie de questions sur la raison de leur visite, leur adresse sur place, leur destination finale… Ils vont probablement mentir sur ce dernier point. Ne pas attirer l'attention en citant des noms tabous. Quand arrivera la question du sujet de leur reportage, ils éviteront aussi de dire complètement la vérité. Les douaniers ne comprendront pas tout ou feront semblant…

Les Égyptiens se doutent bien que les journalistes occidentaux ne rappliquent pas pour filmer des pyramides en pleine révolution dans le pays. L'usage étant de ne pas insister sur l'actualité, de rester poli, laconique et discipliné. Julie et Miguel ne risquent jamais le dérapage, l'énervement de l'interlocuteur en uniforme, sa suspicion. Ils filent droit pour atteindre leur but.

Et ils n'ont aucunement l'intention de rester au Caire où les événements ont déjà refroidi. Brunette aux yeux noisette, Julie a le mérite de ne pas trop attirer les emmerdes. Miguel a parcouru quelques contrées dangereuses sans que sa comparse de France International, la télé pour laquelle ils travaillaient tous les deux, gêne le bon déroulement du reportage. Au contraire, souvent, il a profité de son esprit pratique et de sa faculté à séduire quand nécessaire pour obtenir des laissez-passer, des infos, la meilleure place… Ils ont intérêt à être plus malins que leurs confrères, à avoir un temps d'avance, un renseignement de plus, une image unique. Or, Julie – Miguel l'a remarqué – excelle dans l'émulation.

Le duo de France I a gagné sa réputation à force de scoops et de reportages de qualité. Respecté par la profession pour être toujours au bon endroit avant tout le monde, couvert de prix, le couple ne s'en montre pas moins discret. Il suscite d'ailleurs l'admiration aussi pour sa simplicité et sa modestie.

Miguel observe avec un air ironique le système de sécurité de l'aéroport. Il se dit que, malgré tous leurs efforts, il est toujours aussi facile de déjouer les surveillances, qu'elles soient technologiques ou humaines. Il mène une réflexion de longue date sur la problématique. Depuis qu'il est gamin, en fait. Dans sa banlieue pourrie et grise, il inventait des trucs pour échapper au contrôle parental, manipuler la rumeur de la cité qui lui serrait la cheville comme un bracelet électronique. Ses parents avaient le tort d'être boulangers et d'être un genre d'annexe de la Poste pour la transmission des messages, des infos et des colis. Ils étaient au courant de tout et si, d'aventure, leur fils oubliait d'être sage, ils étaient immédiatement avertis et sévissaient. Les punitions, parfois sévères, développaient chez Miguel non pas un plus grand sens de la discipline, mais une exceptionnelle aptitude au mensonge.

« Je suis nostalgique, d'un coup », lâche Julie appuyée, un peu lasse, contre la rambarde en attendant leur tour avec la douane. Elle n'avait pas ouvert le bec depuis au moins dix minutes, elle devait être au bout de sa capacité de silence. Miguel se demande bien de quoi elle pourrait être nostalgique. Lui, il déteste attendre. Ça l'angoisse. L'impression que dans l'étirement du temps, il peut rester coincé. En point fixe, il se sent vulnérable, à la merci de n'importe quoi, n'importe qui.

— T'es pas très normale, quand même. On se fait chier, là, non ? Nostalgique de quoi ? D'avoir attendu trois plombes dans trois cents aéroports pour avoir le droit de mettre les pieds dans le pays ?

— Non, ne t'énerve pas, je pense aux…

Pour finir sa phrase, Julie s'est rapprochée de l'oreille de Miguel. Elle lui souffle : « glocks 26 ! »

Miguel explose de rire pour donner le change, faire croire que sa collègue lui confiait une blague salace. Mais son œil dit à Julie son mécontentement. Elle ne devrait pas donner l'impression de faire des messes basses, surtout pour évoquer, même tout bas, des armes qu'ils sont précisément en train de passer clandestinement. Annie a un peu de mal avec la règle absolue : se taire.

Voilà pourquoi Miguel n'aime pas l'attente, elle dissipe la concentration, elle relâche les bonnes intentions et l'autosurveillance, noie la schizophrénie nécessaire. Julie a eu le temps redevenir Annie, l'agent de la DGSE qui avait l'habitude de tester la sécurité des aéroports et de divers endroits sensibles du pays. À l'époque, après l'horrible carnage de la rue de Rennes en 1986, les Services s'étaient mis en vigilance orange et vérifiaient que des types armés ou couverts d'explosifs n'entreraient pas dans les lieux officiels et peuplés pour y faire des ravages.

*

À l'époque, c'était le genre de mission qui les amusait tous et ils se battaient pour être désignés, au point qu'il avait fallu, pour mettre tout le monde d'accord, instituer un tirage au sort. Annie était souvent élue avec un autre. Dans cette file interminable, collée à l'avatar d'Aymard, elle se souvient de fous rires avec lui dans un tribunal, un jour où ils avaient constaté la facilité avec laquelle les armes pouvaient se promener librement.

Collé entre ses omoplates, le glock 26 entrait et sortait du tribunal. Ébahie d'avoir réussi à le passer une première fois, Annie avait réitéré pour vérifier que la chance n'était pour rien dans l'indulgence de la sécurité. De son côté, Aymard faisait de même. Il lançait parfois un coup d'œil complice à Annie et un demi-sourire. Ils avaient halluciné. Cinq allers-retours chacun avec un pistolet autrichien dans le dos, une démonstration tellement accablante qu'elle leur avait donné l'occasion de rigoler. Ils n'en revenaient pas. Ils avaient longtemps déconné sur le thème : « Quels baltringues, ces terroristes ! Même pas foutus d'ouvrir une porte quand elle n'est pas fermée à clé ! »

Au fond, bien sûr, ce n'était pas comique du tout de savoir le tribunal accessible aux armes.

*

Tandis qu'Aymard et Annie voyageaient pour le rejoindre en Libye, Hichad, lui, poursuivait son boulot de documentation. À Benghazi, il était très à l'aise. Les capacités d'adaptation d'Hichad étaient reconnues dans sa Cellule. Avoir poussé dans un pays en guerre avait fait de lui un caméléon, un individu qui se confondait instantanément avec le milieu dans lequel il se posait, en l'occurrence, ON le posait. Il avait beau être un geek, une star de l'informatique, sachant programmer, réseauter et hacker, il était particulièrement doué avec le réel. En deux jours, il avait déniché l'appartement idéal : dans une ruelle du centre, derrière l'avenue Umar Ibn Al Aas, un immeuble délabré, planqué et bien fichu avec une porte principale et une autre, de service, dans la cuisine. Il avait rapidement assimilé la configuration de la ville et appris à y circuler.

Le Golfe de Sidra facilitait l'orientation des nouveaux venus. Et ils étaient nombreux, attirés par le basculement du régime, la chasse au dictateur et le dénouement de la révolution libyenne. Les opportunités jusque-là réservées aux affidés du régime se libéraient pour tout le monde, en tout cas les plus malins et les mieux organisés, ceux qui s'étaient structurés pour dominer avant la naissance du chaos. Ceux-ci s'étaient contentés en amont de poser leurs pièges, leurs hommes, de mailler le territoire en douceur, d'attendre leur heure ou plutôt de pouvoir s'accaparer celle des autres.

Infiltré
mars 2011, Benghazi, Libye

Benghazi, c'était un sacré bordel, ça sautait aux yeux de n'importe qui, pas besoin d'appartenir aux services pour se faire une idée précise de la juxtaposition des intérêts et des groupes armés. La vie, survoltée, fragile, dans un désordre qu'Hichad n'avait jamais vu. Le genre de bourbier dans lequel il s'avérait impossible de rester neutre, donc en sécurité.

La carte de l'ONG dans laquelle il travaillait était une bonne couverture, nécessaire mais pas suffisante. Il avait créé, en plus des contacts sur place des Delta, des liens avec des individus « utiles » : telle infirmière, Dina, mariée à l'un des directeurs de l'ONG – membre éminent, en réalité, du CNT, le conseil national de transition libyen –, avec laquelle Hichad couchait, ou tel collègue logisticien, Emir, ostensiblement barbu, cousin d'un des généraux d'AQMI résident libyen… Il avait pris ses marques mais conservait sa première impression de Benghazi, d'un marigot dangereux, d'une ville inflammable comme le pétrole qui l'avait construite.

Il se rendait quotidiennement dans les bureaux de l'ONG IFH (International Food Help) pour faire son boulot d'humanitaire sous le prénom d'Olivier, exploiter ses talents d'informaticien pour structurer et gérer la logistique. Pour sa part, il n'était concerné que par l'entrée des denrées, les approvisionnements, le transport jusqu'en Libye. Emir, lui, se chargeait de la répartition et l'acheminement dans son pays vers les zones affamées par la révolution. Au premier étage d'un édifice défraîchi, au-dessus d'un restaurant de kebabs, l'IFH se résumait à un plateau avec quelques bureaux et une salle de réunion vaste mais sale, assez sombre et bruyante à cause des carreaux cassés qui l'ouvraient directement sur le trafic. De son poste, dans un coin de l'open-space, Hichad n'avait rien loupé, lui, de la circulation des personnes. Identifiant d'abord les membres recensés de l'ONG pour se concentrer ensuite sur les « extras ». Comme indiqué dans le rapport confidentiel remis à Cercottes, des types louches, du genre à frayer avec les pires factions d'islamistes agressifs, déambulaient un peu trop à leur aise. Il était donc aux premières loges, comme prévu. La salle de réunion où il avait remarqué que se déroulaient des conciliabules, portes fermées, qui s'éternisaient, était sa première préoccupation. Il lui fallait incruster des oreilles. Il détestait qu'on l'exclue des conversations et avait toujours de quoi réparer l'affront, technologiquement.

Précisément, c'était sa mission du soir. Il avait prétexté un problème dans un des ports de transit pour rester après les autres. On lui avait seulement demandé de « claquer la porte en partant ». Il avait été fidèle à ce qu'il avait dit : il avait travaillé une heure avant d'aller, sur le chemin des WC, installer une multiprise spéciale dans la grande salle à la place de l'autre. La veille, il s'était procuré exactement la même dans un magasin et l'avait bidouillée. Il l'avait ouverte pour lui mettre dedans deux petits micros HF (haute fréquence) et, enfin, en avait ressoudé les deux parties en les vissant. Maintenant, il lui suffisait de procéder à la substitution. Un dernier check. La multiprise doit se trouver à la place et dans la position initiales. Avant de l'enlever, Hichad a photographié les détails mentalement.

*

La mémoire d'un Delta est son alliée la plus précieuse. Sa capacité à se rappeler fait d'ailleurs partie des critères qui l'ont autorisé à intégrer la Cellule. En intégrant le Service Action, ils avaient tous passé le test, Hichad comme les autres.

On l'avait fait entrer dans une pièce, un genre de bureau, dans laquelle un officier l'attendait. Ce dernier avait fait mine de discuter avec lui de tout et n'importe quoi. La conversation inintéressante achevée, Hichad avait été invité à sortir. Il avait déjà fait cinquante mètres quand l'instructeur l'avait rattrapé avec un papier et un crayon. Il lui avait ordonné de dresser en dix minutes une liste exhaustive de tous les objets présents dans la salle du faux entretien. Comme l'agent s'était ennuyé pendant que son supérieur lui parlait, il avait observé chaque détail du cadre dans lequel il se trouvait.

Hichad n'avait rien oublié.

Il est temps pour lui de quitter la salle de réunion. Il va tirer la chasse et se laver les mains avant de rejoindre son ordinateur et d'envoyer en France un message crypté.

Légende
avril 2011, Genève, Suisse

Sous son identité Samuel Saden, Vincent regarde le pointillé des gouttes sur les vitres de son train pour Genève. Sur la tablette de son siège, il a posé *Les Échos* pour nourrir sa légende. Diplômé de l'ESCP, Samuel peut se vanter d'avoir acquis une solide culture économique et financière qu'il fait fructifier dans son boulot de trader. En fait, Samuel, son identité lourde, colle parfaitement à la peau de Vincent qui aime son bon goût, ses fréquentations, ses déplacements, sa vie d'homme dominant…

D'autres identités, du temps du Service Action, étaient bien moins agréables à endosser. Être, même provisoirement, pompiste, touriste ou buraliste, est moins excitant et gratifiant que spécialiste de la Bourse, des marchés financiers et des hôtels de luxe. Dans ses costumes bien coupés, ses chemises en coton soyeux et ses cravates Hermès, Vincent se sent puissant, autrement que lorsqu'il tient un glock, mais autant. Il goûte entièrement la sensualité du personnage en position de bien manger et bien baiser.

À chaque voyage en Suisse, il tombe sur des filles vénales et délurées avec lesquelles il passe une nuit obligatoire sur place. Les déplacements à Genève ont pris ainsi cette saveur de bordel que Vincent, comme Samuel, apprécie particulièrement.

Les femmes et… l'argent. Là aussi, les deux hommes sont là pour ça. « Qui vive » est une opération gourmande. Certains frais sont officiellement réglés par les Delta eux-mêmes après un virement depuis le compte écran. Mais d'autres, comme les armes ou les informateurs, nécessitent du liquide, beaucoup de liquide.

C'est à Vincent de budgéter l'opération. Il fait la liste dans sa tête, en estime les éléments et distingue ensuite le montant en cash pour la banque tout à l'heure. Au retour, sa mallette sera pleine.

En arrivant à Genève, le processus reste identique. Samuel va directement rendre visite à son banquier aux yeux duquel il représente la société immobilière. Il retire ensuite la somme requise et quitte la banque sous escorte jusqu'à son hôtel, le Président Wilson, où des coffres-forts hautement sécurisés protègent le liquide jusqu'au lendemain matin. Le temps pour Samuel de descendre tranquillement au bar et de sortir ensuite dans les boîtes branchées de la ville suisse, où il prend des bouteilles et invite les femmes les moins farouches à sa table.

Le lendemain, il fout le camp en laissant derrière lui des cadavres de bouteilles de champagne dans sa chambre de palace et de belles endormies.

Sur un quai de la Gare de l'Est, la mine défaite mais le costume repassé, Samuel hâte le pas, une mallette à la main. Vincent a rendez-vous une heure plus tard avec Henry pour lui remettre une partie des billets en provenance de Suisse. Avec, il achètera des armes en Pologne chez leur fournisseur habituel. C'est souvent à Henry que Vincent confie l'acquisition de l'arsenal destiné aux missions Delta.

Henry a le calme d'Aymard et la sagesse de Vincent, il n'a pas peur des situations délicates et se montre particulièrement doué pour la négociation. Des talents de diplomate et de sang-froid qui lui permettent d'arriver à ses fins. Les agents de la Cellule éprouvent pour lui du respect mais ne le craignent pas comme Vincent. Lui, il n'a pas le rôle du chef. Il serait plutôt leur confident à tous quand besoin est. Parce qu'il est plus vieux, plus avisé, il peut comparer, donc relativiser. Et puis, il sait conseiller, enseigner, montrer la bonne voie, il aime ça. Il est un père avant toute chose et se comporte comme tel y compris dans son identité de Delta.

Cette fibre paternelle et ce sens de la pédagogie n'ont pas échappé à Vincent qui a voulu, en 1999, en pleine guerre du Kosovo, qu'il soit celui qui prendrait sous son aile les guerriers de l'UCK pourtant dénoncés officiellement par la France. Ils avaient été une cinquantaine à débarquer à Cercottes pour recevoir une formation intensive au maniement des armes et des explosifs. La guerre courait, ils étaient pressés. Il fallait vaincre les Serbes et leur détermination, leur insigne rouge et jaune ne suffiraient pas. En aidant l'UCK, la France s'offrait une sécurité : l'armée de libération du Kosovo pourrait prendre le pouvoir et, dans ce cas, il vaudrait mieux l'avoir aidée.

Henry avait pris son job à cœur et avait passé trois semaines à diriger une école de Kosovars surexcités et trop impatients. Il lui fallut déployer des trésors de patience et d'indulgence pour ne tuer aucun de ces soldats un peu rustres avec lesquels tout échange, à cause de la langue, était compliqué. Des dessins, des gestes, Henry trouvait toujours une solution pour leur faire comprendre comment tenir son AK-47 le long de son bras, près du menton, et comment viser correctement pour faire l'économie des munitions.

À l'issue du stage avec les jeunes de l'UCK, Henry était sur les rotules. C'était bien plus fatigant encore que la marche de la mort. Plus aisé de gérer ses propres faiblesses que celles des autres, qu'il lui avait fallu effacer en un temps record.

Maison sûre
mai 2011, Le Caire, Égypte

Enfin, ils sont là, après le voyage et la patience requise quand il s'agit de subir deux heures de contrôle et une heure d'embouteillage.

L'appartement n'a pas changé. Immense, haut de plafond, blanc et trop peu meublé pour être vraiment habité. Propre, le parquet parfaitement brillant, il sent le secret et les souvenirs. Ce logement du Caire, Annie et Aymard l'ont beaucoup fréquenté, comme les autres agents du Delta et les cousins du Service Action. Ils y ont dormi, y ont attendu, y ont fait l'amour parfois. Ici, c'est une « maison sûre », une planque mise à la disposition des services extérieurs de la France pour venir discrètement en Égypte, la plupart du temps avec l'idée de s'infiltrer ensuite dans les pays voisins.

Pour les deux Delta, il n'est pas question de « s'infiltrer ». Ils vont entrer en Libye le plus légalement du monde avec leur passeport de reporter. Des passagers ordinaires. À peu de chose près.

Annie aurait presque envie d'y croire, à cette vie-là. Avec des moments comme cette soirée qui commence, un dîner sans se presser, un café et une clope et puis une autre encore. Une soirée comme en passent les gens normaux, un segment de vie en arrêt dans lequel se délasser. Parfois, elle est fatiguée de l'action, de son corps tendu, contraint à l'éveil.

Pendant qu'elle se vautre dans un canapé large, Aymard leur sert un verre de whisky écossais Lagavulin acheté au Duty free. Ils cognent leurs verres, sans joie, tranquillement. Pour eux, la gravité est longue à l'évaporation. Trop de missions dans les pattes, trop de morts dans le tableau de chasse, trop d'enjeux à porter, trop de responsabilités... Une accumulation de milliers de tensions. Annie, surtout, femme au milieu de la meute, leur égale mais leur sœur. Première femme à être instructeur de sports de combat, tireuse d'exception, adepte des sports de combat, elle devrait n'avoir plus rien à démontrer. Pourtant, son CV militaire relate trop de risques pris, d'exploits, pour être parfaitement sain. Elle ne mentionne jamais son père, un adjudant abattu par des rebelles katangais à Kolwezi en 1978, l'ombre qui lui vole la paix. Une sorte de paix. Celle que sait installer Aymard le solide, comme il fait maintenant. Pour ça, elle apprécie de faire équipe avec lui.

Leurs chaussures ôtées, ils ont les pieds sur la table basse en bois. Dehors, sous leurs fenêtres, les jeunes fêtent la révolution au son d'un électro-rock énervé. Les émeutes se sont calmées et la population a pensé à fabriquer des symboles, à s'arrêter dans son mouvement, se regarder et se réjouir. À Paris, l'actualité ne se focalisait déjà plus sur eux, mais sur les Libyens et Kadhafi.

Aymard raconte à Annie les recommandations que le rédacteur en chef croyait faire à Miguel avant de partir pour Le Caire. Il lui avait décrit la guerre qu'il avait soi-disant vue de près, en Bosnie. Pendant plus de trois quarts d'heure, Aymard avait dû se taper l'histoire du jeune journaliste téméraire en chemise blanche tombé de l'hélicoptère avec le sentiment de débarquer dans Platoon. Intérieurement, Aymard se roulait par terre. Le monde à l'envers ! Son boss se vantait et la séance était interminable. Le pire, soulignait Aymard, c'était quand il parlait des armes des combattants avec un air savant. En fait, il disait n'importe quoi, il inventait un arsenal, persuadé que son spectateur, ignorant, serait impressionné. Il tombait mal.

Avec Annie aussi, il avait commis une gaffe. Il avait pensé à haute voix devant elle. Globalement, il se demandait s'il était « raisonnable » d'envoyer une femme en Libye en passant par l'Égypte. Il osait ajouter : « OK, Julie, vous partez mais débrouillez-vous, au moins, pour vous faire kidnapper, qu'on parle de France I ! » Julie respirait fort en Annie pour se calmer.

Parfois, leur vérité jaillissait en eux, les Delta brûlaient de la jeter pour qu'on leur foute la paix, qu'on n'essaie même pas de les emmerder… Il leur arrivait de vouloir se montrer en loups, de siffler le reste de leur meute pour empêcher un quelconque mouvement en face… Le plus dur pour Annie était de laisser dire des conneries sur des sujets qu'elle maîtrisait.

— Réjouissons-nous, car ce rédac-chef-ci est con mais au moins, il est malléable…, ajoute Aymard, l'œil brillant.

— Pas sur le contenu des reportages, il ne comprend pas grand-chose à ce qui se passe… Tu sais que l'autre jour, il m'a dit qu'il avait un dossier sur les mecs du CNT, qu'il était heureux d'avoir découvert qu'il s'agissait pour la plupart d'intellectuels qui seraient capables de gérer le pays après !

— Ah ouais, quand même ! Il manque de... discernement ?

— Et d'informations, c'est le problème. C'est comme ça qu'on se retrouve à dire le contraire de ce que l'on sait dans les reportages.

— Mais ce n'est pas toujours un problème ça... la manipulation, on a appris que ça avait du bon. Et puis, tu te rappelles, dans certains cas, il ne faut vraiment pas que les gens sachent...

Annie pouvait difficilement nier. L'ombre avait du bon : les gens dormaient bien.

Pendant qu'ils discutaient, elle caressait le parquet ambré du pied. C'était là, juste en dessous. Il suffisait de passer ses doigts dans les encoches de chaque côté pour soulever un panneau de lattes collées. Et se servir, en fonction des besoins. Sous le plancher, les Delta disposaient d'une cache d'armes impressionnante.

L'appartement du Caire leur permettait aussi de se fournir sur place, de ne pas circuler avec du matériel de guerre. Les savoir là, sous elle, la rassurait.

La poudre était son amie, à Annie. C'était une histoire de famille. Son militaire de père avait fait de sa fille la plus garçonne son héritière. Elles étaient trois filles et il avait eu besoin de s'inventer un fils en Annie. Fascinée par la précision des mains de son paternel, elle le regardait nettoyer ses armes et écoutait attentivement ses commentaires. Il lui apprenait à les démonter et à les remonter, à les manier. La balistique n'avait plus de secret pour elle. Il achevait toujours la théorie avec un cas pratique. À l'âge où les petites filles se faisaient conter les histoires d'Andersen et de Perrault, Annie avait droit aux batailles du XXe siècle. L'Indochine revenait souvent, refrain triste, dans un panorama glorieux et fraternel.

Plus tard, à l'adolescence, elle avait découvert l'euphorie de l'explosion et avait commencé à jouer au petit chimiste. Elle faisait plein d'expériences et avait comme ça provoqué quelques incidents. Elle avait un jour, sous prétexte de débarrasser sa mère de taupes, fait sauter la moitié du jardin de la voisine en dosant un peu trop les bâtons de dynamite.

En fait, elle avait chopé le virus du plasticage. Comme un pyromane jouit à la vue du feu, Annie se délectait d'un bon boum. Si elle n'avait pas de dynamite à portée de main, elle bidouillait quelque chose. Quand elle avait décidé de faire péter, ni la défaillance du matériel, ni le vent, ni qui que ce soit ne pouvaient la dissuader. Une appétence qui avait trouvé sa place au sein de la cellule Delta. Les missions avec explosifs étaient la chasse gardée d'Annie.

Plastique
Novembre 1996, Israël

La plus délicate était celle qu'on lui avait confiée en 1996. La diplomatie française jouait double jeu à l'époque dans le conflit israélo-palestinien. L'idée, si Annie avait bien tout compris – même si elle n'était pas là pour ça –, était d'entretenir la merde entre les deux parties. Officiellement, la France déplorait les attentats et dénonçait les kamikazes qui faisaient sauter des bus, des magasins, des gares… Mais, en secret, Annie était chargée de livrer le matériel, le C-4 utilisé dans ces attentats… En réfléchissant, le Delta, que Vincent prêtait au Service Action exceptionnellement, en était arrivée à une hypothèse machiavélique : les Israéliens étaient peut-être dans la combine, trouvant dans les carnages qu'elle entraînait le prétexte à des répressions sanglantes…

*

Elle quittait ses frères Delta pendant un mois, le temps d'apporter le matériel et de revenir. Chaque opération commençait à Cercottes. Elle embarquait des cargaisons de pains de plastique.

Généralement, on lui attribuait un agent du Service Action, Ted, un grand brun aux yeux noirs. Ils quittaient Cercottes à bord d'une Cherokee avec leur caisse d'explosifs. À la base aérienne d'Orléans-Bricy, un Hercule C-130, châssis long, les attendait. Annie avait pris des habitudes à force de réitérer la mission. Qu'ils soient à l'heure ou pas, elle faisait un détour par les hangars de la base où elle croisait son pote, un pilote de légende qui avait fait sa réputation avec quelques coups d'éclat et des extravagances qui déliaient les langues de types d'ordinaire plutôt réservés. « Che », ainsi qu'on l'appelait avec une pointe d'admiration, claquait à Annie de grosses bises sonnantes. Il était son protecteur, le père de substitution. Dans ses bras quelques secondes, elle prenait sa dose de chance. Il lui porterait bonheur, la mission se passerait bien. Che, c'était l'excellence, il faisait l'honneur du GAM (Groupement Aérien Mixte). Annie, quand elle s'échappait de son étreinte, se sentait plus forte.

Avec Ted, elle montait dans un avion de transport logistique du GAM avec les pains de plastique répartis dans cinq valises et les détonateurs à part, dans une sixième. Le trajet donnait au faux couple de touristes le temps de se couler dans leur peau, de revoir leur plan d'action sur place. Il n'était pas question de se poser directement à Tel Aviv, beaucoup trop risqué. Le transit se faisait toujours par l'Égypte.

Sur le tarmac du Caire, une fois l'avion posé, par le hublot, Annie vérifiait que le gros 4 × 4 de l'ambassade les attendait avant de sortir. Deux émissaires les accueillaient en costume et lunettes noires. Laconiques, ils portaient les valises à l'arrière de la voiture et conduisaient Annie et Ted jusqu'à la maison sûre où ils rangeaient sous le parquet les deux tiers de la cargaison. Le lendemain matin, ils grimpaient dans un autocar de tourisme avec d'autres, comme eux, en bob, short, tee-shirt et lunettes de soleil, leurs bagages dans la soute. Une halte sur le golfe d'Aqaba faisait partie du pack. Ils suivaient les autres voyageurs, achetaient des souvenirs, se baignaient, riaient bêtement, s'étonnaient de tout. Jamais ensemble, par contre. L'un des deux participait aux activités du car quand l'autre gardait un œil sur les valises spéciales. Et comme ça, en parfaits touristes, ils atteignaient Taba, la frontière israélienne. Si des chiens se mêlaient de renifler les coffres du car, il leur était impossible, grâce au boulot de la Salle 12 qui avait trouvé le moyen de les rendre indétectables, de flairer les deux valises d'explosifs. Le couple passait la frontière sans encombres. De l'autre côté, à Eilat, avec le groupe, ils gagnaient un hôtel bétonné à 2000 chambres où le pass acheté au Caire leur offrait trois nuits. Qu'Annie et Ted n'utilisaient pas en totalité, prétextant une invitation dans une maison louée par des amis. Ils se débrouillaient pour changer l'excuse d'une fois sur l'autre et parfois ne donnaient aucun motif.

Dans la cohue de la ville balnéaire ultra-fréquentée, ils étaient sûrs d'être invisibles. Ils y traînaient un peu en short, fréquentaient au moins une fois la plage pour prendre quelques coups de soleil caractéristiques de leur couverture ; ils veillaient aussi le premier jour à se montrer buvant des cocktails et ingurgitant des kefte. Ils ne prenaient la route du désert que le lendemain de leur infiltration en Israël. Avec un 4 × 4 réservé à leur – faux – nom, ils se tiraient rapidement vers le Nord, le Neguev, la seule zone un peu tranquille du pays où tout pouvait se faire sans que l'armée israélienne débarque.

Annie n'appréciait pas particulièrement ces moments où elle se retrouvait en tête-à-tête avec Ted. Grand balèze taciturne et aussi calme que la mort selon Annie, il ne décrochait pas un mot, et avec lui, elle ne se sentait pas de monologuer. Parvenus au point GPS à l'heure dite, ils s'arrêtaient, soi-disant pour pique-niquer, au cas où des repérages satellites seraient faits. Ils installaient un auvent et s'asseyaient en tailleur, leur glacière posée sur le tapis déroulé. Avant même qu'ils aient le temps de préparer un sandwich, un 4 × 4 passait à proximité en ligne parallèle et, à leur niveau, décrochait, pour les rejoindre.

Les deux activistes du Hamas n'étaient jamais les mêmes. Ils tournaient mais avaient souvent la même politesse et la même physionomie : barbus et maigres. Asséchés par leur clandestinité et leur combat permanent, ils étaient squelettiques, cernés et encore moins diserts que Ted. Les rencontres se déroulaient presque complètement en silence. La première phrase sortait de leur bouche pour demander de l'eau, la deuxième pour remercier d'un « thank you », la troisième pour demander le bonus et la quatrième pour remercier encore de la livraison.

Ils se garaient toujours de telle sorte que les coffres se touchent presque. Ted montait dans sa voiture, les deux barbus dans la leur et de l'une à l'autre, se passaient les bagages noirs. De l'extérieur, il aurait fallu se tenir près pour voir la livraison.

Le rendez-vous ne durait pas plus de dix minutes à chaque fois. Ils repartaient aussi furtivement, dans un nuage de sable, tandis qu'Annie et Ted terminaient leur déjeuner. Ils reprenaient ensuite leur route vers Tel Aviv en prenant soin de faire des arrêts aux endroits prétendument attrayants pour des touristes comme eux : il ne faut jamais négliger le prétexte de présence dans une mission. En sauts de puce, ils finissaient, au bout de vingt-quatre heures, par atteindre l'aéroport de la capitale israélienne où, comme n'importe qui, ils étaient passés au crible des listes de questions de la sécurité. D'où venez-vous ? Pourquoi ? Où exactement ? À qui avez-vous parlé ? Qu'avez-vous dit ? Qu'avez-vous vu ? Pourquoi ?

Surentraîné aux interrogatoires, le duo d'agents ne faiblissait pas sous la rafale de points d'interrogation. Quand ils prenaient leur place dans l'avion de ligne qui les ramenait à Paris, ils soufflaient enfin. Annie surtout. Car Ted semblait ne pas être en mesure de se détendre. À Orly, ils partaient chacun de leur côté, en se saluant à peine.

*

On ne demandait surtout pas aux Delta d'avoir des scrupules. Mais Annie, à force, n'encaissait plus d'entendre annoncer des carnages à Jérusalem ou Tel Aviv, dans des bus ou des rues passantes. Elle avait demandé à ne plus être affectée à ces missions de livraison d'explosifs. Et on avait satisfait sa requête. Sa conscience n'était pas la seule raison. La dernière fois, elle avait eu peur, elle avait dérapé, elle avait bien merdé. Sa hiérarchie n'en avait rien su, elle avait évité comme ça de se faire virer.

À Eilat, elle avait déconné, sérieusement déconné. C'était au tour de Ted d'être dehors, de glander à la piscine avec les autres steaks en tongs. Elle, pendant ce temps-là, en sous-vêtements, après un bain prolongé, se relaxait sur le lit. Sur l'édredon bleu, les mallettes étaient ouvertes. Annie n'avait pu s'empêcher de jeter un œil à la cargaison, à ses explosifs chéris qu'elle allait bientôt devoir abandonner avec un pincement au cœur entre des mains qu'elle considérait comme ennemies. Mais, alors qu'elle rêvait au destin improbable des explosifs, la porte s'est ouverte et dans l'encadrure est apparu un groom avec son uniforme bordeaux d'assez mauvais goût.

En voyant cette fille à moitié nue et ces valises ouvertes avec de drôles de trucs dedans, il a ouvert la bouche et les yeux, pétrifié. Annie, elle, malgré le bain et la détente, a bondi instantanément. Le serveur n'a pas eu le temps de faire demi-tour, par politesse et par frousse, que la fille sexy l'a saisi par l'épaule droite. Avec le poing, elle l'a frappé brutalement sur la glotte. Un réflexe. Elle n'y peut rien, Annie, elle a été dressée pour réagir vite. Et vite, parfois, ça veut dire mal.

Le pauvre groom est tombé raide mort sur les pieds nus d'Annie. Une fois la porte fermée, elle a compris qu'elle avait un cadavre sur les bras et un problème avec Ted à qui elle ne faisait pas confiance, lui n'étant pas un Delta mais un agent du Service Action qui pourrait être tenté de la dénoncer. Il pourrait cafter et elle se ferait dégager manu militari. Elle n'avait pas enduré toutes ces années de formation pour se griller maintenant. Quoi qu'il en soit, Ted ne devait pas savoir. Elle se retrouvait dans une situation inédite, un cas non conforme. Qu'elle n'avait pas appris à gérer. Restait son bon sens.

Dans l'ordre, empaqueter le mort avec les draps qu'ils ont prévu, de toute façon, de quitter tout à l'heure, puis le planquer. Comme les mecs de la Cellule, Annie est entraînée à soulever des poids. En développé-couché, elle peut soulever quatre-vingt-dix kilos. Alors, quand la lourdeur d'un cadavre la défie, elle ne se décourage pas. En quelques minutes, Annie a tiré le groom emmailloté dans le placard et en a fermé les portes. Elle s'habille, réunit tranquillement ses affaires, sûre que personne ne s'inquiétera tout de suite de son absence.

Il ne manifeste aucune réaction. Impossible de lire ses pensées. Il s'est levé et l'a suivie jusqu'à leur chambre. Comme il n'avait rien rangé dans le placard, il n'a pas eu à l'ouvrir et à découvrir le macchabée planqué par sa compagne de mission. Parfois, il la fixe bizarrement.

Quelques minutes plus tard, elle se charge de faire le check-out et redoute qu'une vérification simultanée du mini-bar soit ordonnée. Mais la réceptionniste a choisi de lui faire confiance et lui tend un papier où apposer sa signature. Annie ne pourrait plus, à l'avenir, utiliser cette identité. Elle venait de la griller.

Ils avaient dégagé d'Eilat, au grand bonheur d'Annie, pressée de se débarrasser de ces putains de valises d'explosifs qu'elle portait maintenant comme le mauvais œil.

En rentrant de cette mission épique, Annie était montée dans un taxi dont le chauffeur s'étonnait du peu de bagages. Ils avaient discuté cinq minutes puis laissé la radio parler à leur place. Et quand les informations étaient arrivées, Annie avait frémi. Trois morts, quarante-huit blessés, le bilan d'un attentat suicide à Tel Aviv. À la terrasse d'un café, un kamikaze s'était fait exploser. Le Hamas revendiquait le carnage.

Peut-être était-ce l'un des deux Palestiniens auxquels elle avait remis le C-4 qui s'était fait péter ? En tout cas, l'origine du C-4, lui, ne faisait aucun doute. Elle en avait été le transporteur. Elle n'était pas mécontente de favoriser le Hamas quand elle était en mission là-bas mais ne supportait pas d'entendre qu'elle aidait les Palestiniens au détriment de civils israéliens. C'était moche. Elle ne recommencerait plus.

Trombinoscope
mai 2011, Benghazi, Libye

Dans son appartement grêlé par les fuites d'eau et la crasse, Hichad entend ses voisins s'adonner à une partie de baise épique et écoute les voix graves de la salle de réu. Les micros qu'il a planqués dans la multiprise fonctionnent à la perfection. Le son, clair, lui permet de ne plus rater une miette des conversations secrètes des visiteurs louches de l'ONG. Il n'y travaille pas aujourd'hui, samedi, il peut profiter de son absence pour les surveiller. Enfin est arrivée ce matin la confirmation des légendes des photos prises avec son sac à dos posé sur une chaise. Les deux individus qui ont tout particulièrement suscité sa curiosité ont fait l'objet d'une recherche rapide. Sans avoir encore obtenu leurs noms, il a pu les localiser dans des mouvances islamistes précises. Celui avec un œil à moitié fermé et un nez pointu, c'est un proche d'Akmar Al-Marfa, membre important du CNT, lié aux Frères Musulmans, et frère d'un autre Al-Marfa, Ismaël, patron de la Katiba du 17 février, autant dire de la ville.

Ce mouvement révolutionnaire était né avec la libération de Benghazi et la prise de la forteresse de

Kadhafi le 17 février 2011. Des hommes s'étaient sacrifiés en s'attaquant à mains nues aux soldats de la caserne centrale de Benghazi qui servait de résidence à Kadhafi. Une fois cette place prise par les rebelles, ils avaient découvert une prison dans les sous-sols, avait pleuré, crié, taggé les murs, maudit le tyran sanguinaire. Et puis, il avait unanimement loué les bombes humaines, rendu grâce à ses martyrs. Le groupe qui s'était créé dans cette série de symboles exerçait une influence puissante sur le cours de la guerre de libération.

Le second, petit gros, barbu lui aussi, habillé de blanc, appartient vraisemblablement au GIC (Groupe Islamique Combattant), la branche libyenne d'Al-Qaïda qui règne, elle, sur Tripoli. Bref, du beau linge, comme prévu. L'ONG était bien le repaire des islamistes du coin, Hichad s'en réjouissait comme d'un cadeau attendu depuis longtemps.

C'étaient les deux, le borgne et le gros, qu'il entendait parler en compagnie du mari de Dina dans la salle de réunion. Le deuxième demandait au premier des nouvelles du cheik. Il disait : « Alors comment va la vie au Qatar ? » L'autre répondait que « par la grâce de Dieu, tout va bien, très bien même ». La reconnaissance des Libyens envers le Qatar qui les avait aidés à s'affranchir de Kadhafi était réelle. Le minuscule pays avait fourni du matériel militaire, des camions, des équipements en tout genre. Akmar Al-Marfa agissait depuis le Qatar via son lien fraternel.

Ils discutaient, d'après ce que comprenait Hichad, d'une réunion à laquelle la présence du cheik était chaudement recommandée. Le type du GIC précisait que « tout le monde » serait là pour parler « d'un truc très important » qui leur assurerait « une victoire définitive ». Dalil, le mec de Dina, avait seulement ponctué le dialogue d'un chapelet de « Inch'Allah ».

Bien qu'assez floue, la conversation suffisait à conforter les informations que Vincent lui avait données au cours du briefing précédant son départ. Un séminaire entre barbus de premier plan, venus de presque tous les pays du Proche-Orient, se préparait ici, à Benghazi. Leur ennemi officiel allait mourir, dès que ses sujets révoltés l'auraient capturé. Et après lui ? Sur qui ces hommes forts de la Libye libérée et leurs affidés songeaient-ils à prendre « une victoire définitive » ?

Les renforts étaient sur le point d'arriver et d'aider Hichad à mettre la main sur le reste des renseignements nécessaires : la liste rigoureuse des protagonistes de la convention terroriste, la date et l'heure et, surtout, le lieu. Il devait fortifier son contact rapproché avec Dina qui, si elle n'était pas rencardée par son mari, recevait à dîner les lascars qui gravitaient autour de lui et entendait en les servant des bribes de conversations. Tout l'art d'Hichad consistait à la faire parler malgré elle. Entre deux câlins, ils échangeaient. Bien sûr, Hichad tenait son rôle d'informaticien brillant, plein de bons sentiments humanitaires.

De tous les Delta, il était incontestablement le meilleur comédien. Il savait se rendre expressif, causer avec l'intensité de ses yeux, prendre des airs naïf ou triste. Avec son sourire plein de dents bien blanches, il attirait la confiance et la sympathie. Et parfois davantage… Il lui semblait que Dina tombait peu à peu amoureuse, ce qui en ferait une alliée dévouée, prête à faire abstraction de sa peur, de son mariage…

Pour la voir en toute discrétion et sans compromettre son QG, Hichad avait loué une chambre dans le sud de la ville, derrière un parc, loin de l'ONG mais proche de l'hôpital du 7 Octobre où Dina officiait. Elle se détournait de son trajet vers chez elle pour son rendez-vous avec Hichad.

Belle comme l'était sa première amoureuse, une Libanaise sanguine, Dina avait une bouche cerise et des fesses comme des pommes charnues. Son regard aux cils courbés plaisait à Hichad. Faire l'amour à cette brune printanière et goûtue n'était pas pour lui déplaire. Il caressait longuement son corps mat, ses seins lourds, et ses cheveux de jais, en lui posant des questions sur sa relation avec son mari. Elle confiait à son amant la manière dont son couple avait évolué, mal, au gré de l'actualité de la Libye.

D'abord, sous le régime de Kadhafi, ils avaient trouvé un modus vivendi. Lui enseignait l'histoire à l'université Garyounis et elle travaillait déjà à l'hôpital. Le couple était soudé par une complicité intellectuelle et leur refus du tyran. Raisonné et intelligent, Dalil pensait en progressiste. Attaché à la religion musulmane, il y puisait des enseignements qui éclairaient son cheminement d'homme sage. Mais la situation s'était tendue. Il avait été placé sous surveillance, avait même fait quelques jours de prison pour avoir dit tout haut ce qu'il pensait des cérémonies officielles qui s'étaient déroulées à l'université avec un défilé militaire et des hommages à Khadhafi qu'il trouvait grotesques.

Dans les geôles de la dictature, il avait rencontré un islamiste avec lequel il avait noué des liens étroits. Revenu chez lui, il était devenu ultra-religieux. Dina n'y avait d'abord pas prêté attention parce qu'elle avait supposé qu'il s'aidait de Dieu après l'épreuve. Mais sa passion pour l'Islam avait grandi de jour en jour et son caractère excessif avait fini par plonger sa femme dans l'incompréhension. L'attitude de Dalil envers elle n'était plus la même : il avait changé de ton. Désormais, il était dur, sec et autoritaire. Il s'était même mis à lui reprocher d'avoir un job, de gagner sa vie, ce qui, selon sa nouvelle vision du monde, ressemblait à de la prostitution. En fait, il voulait que sa femme se soumette, qu'elle apprenne à se taire et à obéir à son époux. Même sa façon de la baiser était modifiée. Il la prenait à la hussarde, avec mépris, avec dégoût. Avec lui, Dina se sentait sale maintenant.

La colère dans laquelle était Dalil ne pouvait s'apaiser que par le sang. Il cherchait à faire payer ses blessures d'homme libre et la mort d'un seul homme ne pourrait suffire d'ailleurs. Assassiner le tyran ne rachèterait pas les années de tortures. Il fallait plus, s'en prendre à ses complices, les États qui s'étaient prosternés devant son pétrole et sa politique d'opérette, ceux-là même que le djihad commandait de détruire.

Les opinions radicales de son mari, Dina ne les partageait pas. Elle se gardait bien de le contrarier et baissait toujours davantage la tête devant lui. Elle aurait voulu qu'il ne change pas et reste dans un Islam modéré et tolérant, qui ne lisait pas le Coran comme un manuel de répression des femmes. Maintenant, il opprimait son épouse, cherchait à l'enfermer et, s'il avait été moins occupé, il aurait employé son temps à la soumettre. L'ambiance se tendait toujours davantage sous son toit et Dina s'était mise à paniquer. Elle imaginait ce que Dalil ferait s'il apprenait pour Hichad... Il la tuerait certainement. Elle n'avait pas mauvaise conscience de tromper son époux dont elle haïssait l'autorité méchante et injuste, mais elle flippait. Elle était un peu plus anxieuse à chaque nouveau rendez-vous avec son amant.

Cachés
mai 2011, Le Caire, Égypte

C'est Aymard qui s'en occupe. Dans la cache sous le plancher, il a prélevé deux glock 26 équipés du système laser guard LG-436 qui permet de viser précisément sa cible. Et, sous l'œil amusé d'Annie, a démonté soigneusement leurs deux caméras professionnelles avec un tournevis. Les deux agents conviennent, une fois de plus, que la Salle 12, le département d'invention des gadgets à la DGSE, aurait pu concevoir un assemblage plus ergonomique que celui-ci. Imperméables aux rayons, les engins comportent trop de petites pièces qui rendent l'opération délicate, donc trop longue. Éventrées, les caméras révèlent plusieurs niches creuses : une de la taille exacte, compacte, des glocks 26, seize centimètres en longueur, un peu plus de dix en largeur ; les deux autres destinées aux munitions.

Annie sert un café à Aymard pour lui donner le courage de reconstituer les caméras et vérifier le serrage des vis plusieurs fois. Le moindre espace, même infime, suffirait à percer la coque anti-rayons et les exposerait au risque de se faire choper. Parfaitement calme, Aymard manipule les petites vis avec précaution. Ses mains sont sûres. Sa consœur ne l'a jamais vu perdre son sang-froid ni cette confiance qu'il a en lui dans chacun de ses gestes. Cette sérénité impressionne Annie. Et l'émeut. Elle se rappelle s'être retrouvée avec lui à deux reprises dans des situations inflammables.

En Syrie, ils avaient été surpris en pleine surveillance vidéo d'un client du GIA soupçonné d'être impliqué dans l'attentat de 1995 au métro Saint-Michel. Deux militaires syriens s'étaient pointés discrètement par-derrière et leur avaient hurlé de sortir de leur bagnole. Blême, Annie était restée mutique, incapable de sortir le moindre prétexte, choquée par la brutalité de la surprise. Avec un flegme exceptionnel, Aymard s'était déplié et s'était mis à rire aux éclats. Interloquées, les forces de l'ordre qui s'apprêtaient à les menotter s'étaient arrêtées dans leur mouvement et avaient cherché à comprendre. Dans les quelques mots d'arabe qu'il pratiquait, il leur avait expliqué qu'il riait à cause du quiproquo. En effet, les policiers les prenaient pour des espions alors qu'ils étaient seulement les auteurs d'un documentaire sur les monuments religieux de Damas. Décidément, ils n'avaient pas de chance aujourd'hui, la lumière n'était jamais la bonne pour les images qu'ils souhaitaient faire de l'église byzantine de l'autre côté de la rue, ils avaient été obligés de patienter des plombes et maintenant ils allaient se retrouver en prison par erreur !

Annie observait son compère et ses interlocuteurs complètement absorbés par son histoire, le visage presque détendu, le sourire pas loin des lèvres. Ils avaient voulu savoir quelle télé idiote exigeait de ces pauvres étrangers qu'ils filment des façades, des murs, des bâtiments. Aymard avait embrayé en se plaignant de ce qu'ils avaient dû endurer depuis qu'ils étaient à Damas. La vie de documentariste, c'était pas la fête tous les jours. À cet instant, Annie se disait qu'il allait en faire trop s'il continuait à jouer son rôle de victime. En fait, il en avait déjà trop fait. Les flics syriens, envoûtés par son collègue, ne voulaient plus le lâcher et avaient insisté pour les emmener fumer la chicha avec eux. Ils avaient ainsi raté une soirée d'allées et venues dans la villa du suspect mais en avaient gagné une bien folklo, en évitant la case prison.

La bonne réaction au bon moment, c'est cela qui constituait la plus grande force d'Aymard et ce calme naturel, dans lequel aucun effort de contrôle n'était perceptible. Il tenait cette faculté d'avoir grandi dans les cités et d'avoir fréquenté les instructeurs du Service. À pousser au milieu des graines de taulards, des délinquants de tout poil, des armes diverses, du 9 mm à la kalach, des embrouilles les plus sombres, Aymard avait développé, pour survivre, un sens de la tranquillité. Il avait vu ses potes mourir à cause d'une seconde d'énervement. La violence au biberon l'avait rendu intelligent et sage. Il détestait la bêtise, les cons qui faisaient n'importe quoi avec des armes, s'entre-tuaient pour des raisons minables, un kilo de shit, une fille, une insulte, une paire de baskets.

Alors, il ne bronchait pas mais agissait vite et bien. Redoutable combattant, il avait ajouté aux entraînements de la DGSE des arts martiaux qu'il avait mélangés pour en faire une méthode personnalisée et… nucléaire. Les Delta, à chaque mission confiée à

Aymard, déconnaient sur le fait que la cible était fort mal barrée. Ils l'appelaient « IronMan ».

Mais le plus impressionnant s'était produit sous les yeux grillagés d'Annie en Afghanistan. Ils étaient là tous les deux en mission pour buter un sous-fifre de Ben Laden, chargé de trouver des garçons perdus et de les enrôler dans des camps d'entraînement d'Al-Qaïda. Le pouvoir en Afghanistan était alors aux mains des Taliban et les opérations dans le pays étaient exclusivement assurées par les Delta.

Une femme avec laquelle Aymard entretenait un lien d'amitié amoureuse, d'abord intéressé, puis sincère, avait été exécutée, enceinte. Elle avait été accusée d'adultère par les Taliban, fouettée et condamnée à mort. Lapidée sur la place publique, devant Aymard. Sa consœur ne l'avait pas lâché du regard, craignant qu'il ne pète un plomb et empêche les barbares de tuer sauvagement son amie. Ses mâchoires s'étaient crispées jusqu'à fissurer ses dents, il avait mordu sa lèvre supérieure au sang. Des gouttes de sueur coulaient sur son visage et se mélangeaient aux larmes silencieuses qui naissaient de ses yeux plissés par l'effort de ne pas crier, de ne pas tuer tout de suite, en masse.

Annie n'avait jamais reparlé de cette séquence et avait même essayé de l'effacer pour n'en garder que le courage de son partenaire. Avec lui, tout se passerait bien à Benghazi.

*

Les moments en famille ne parvenaient pas à redonner à Cyprien sa sérénité. Pourtant ses deux fils, aimants, et sa femme, douce et reconnaissante, l'entouraient d'une gangue de chaleur qui aurait dû l'envahir.

Comme un serpent de glace en lui. Il se prépare, remet sa veste, prend son écharpe vert sapin, mais à contrecœur. Confusément, il sent que le développement qu'il lui faudra énoncer tout à l'heure dans le bureau du président ne fera qu'accentuer son malaise au sujet de l'opération « Qui vive ». Il est dans l'obligation de tenir au courant de l'action des Delta son supérieur direct. Le process est le même depuis la création de la Cellule en 1995.

Cyprien rend des comptes au président seulement, et ce, deux fois par semaine. Le reste du temps, l'agent de liaison a le droit d'occuper un bureau vide dans une aile de l'Élysée où personne ne le connaît, où il ne connaît personne. S'il arrive que certains s'interrogent sur le passage de cet homme en cravate ou écharpe verte, la réponse, vague, décourage la curiosité : « Des missions ponctuelles. » De quelle nature ? « Allez savoir. »

Il venait de prendre les rênes de la base secrète de Cercottes à Orléans quand Vincent avait voulu monter la Cellule. L'initiative de son capitaine lui avait paru couillue et il l'avait cautionnée, mieux, lui avait donné son existence officiellement officieuse. Ça l'arrangeait, la Cellule allait renforcer son pouvoir exécutif et ses relations avec le président de la République. Son pouvoir s'en trouverait accru.

Combattif, rompu au terrain et aux guerres politiques qui se gagnaient dans les corridors, Cyprien ne s'étonnait plus de rien mais s'efforçait de tout anticiper. Pour avoir vécu les situations les plus désagréables pendant sa carrière déjà bien entamée, à presque soixante-trois ans, il prévenait les risques.

Saint-Cyrien, il avait ensuite intégré le 8e Régiment de Parachutistes d'Infanterie de Marine, à Castres où il avait commandé les chuteurs opérationnels, les GCP. Il avait postulé pour les nageurs de combat du Service Action de la DGSE basé à Aspretto et avait été accepté. Il avait eu la chance, car il s'agissait d'une gratification, d'être appelé en 1985 à participer à l'opération Satanic, appelée plus communément Rainbow Warrior.

Cyprien faisait partie de la troisième équipe. Celle dont personne n'avait jamais parlé, celle dont on ignorait l'existence, pourtant déterminante, dans l'action. La première équipe, le faux couple de touristes Turange, était sur place depuis un certain temps pour préparer l'opération. La deuxième était arrivée de Nouvelle-Calédonie sur l'Ouvéa avec, dans ses cales, les explosifs destinés au Rainbow Warrior. Avec un autre nageur de combat, Cyprien les avait réceptionnés sur le voilier qui mouillait dans la baie et acheminés jusqu'à la coque du bateau de Greenpeace où il les avait posés. Il avait bien fait le job, le boum s'était produit. C'est après que la situation avait échappé au contrôle des services. La première équipe s'était fait gauler. Tout simplement parce que, d'après le protocole, elle n'aurait pas dû rester sur zone.

Après avoir accompli sa partie de la tâche, la pré-ops, elle aurait dû disparaître. Mais elle avait fait le relais et attiré l'attention à force de se montrer dans le coin depuis trop longtemps. Une bonne leçon pour les agents et leurs supérieurs qui prenaient des libertés avec les règles de sécurité basiques sur une opération.

Cyprien s'était attristé de cet échec et avait plaint les victimes de ce dysfonctionnement. Bien que dévoué corps et âme à la République et à son président, il leur en avait voulu d'avoir tout bonnement abandonné ses soldats, d'avoir balancé leur nom, de les avoir jetés en pâture aux journalistes pour se dédouaner. Il était formellement interdit de trahir l'identité des agents. Le pouvoir avait franchi une ligne.

La campagne médiatique dans la foulée de l'affaire avait choqué Cyprien par son débordement de mensonges. Lui savait que la responsabilité incombait au pouvoir politique, aux donneurs de l'ordre de couler le bateau des gêneurs de Greenpeace.

Sa foi en la patrie et sa loyauté envers ses chefs avaient, cette fois-ci, été mises à l'épreuve. Intérieurement, il avait lutté contre sa révolte bien légitime. Son épouse lui avait demandé de ne rien faire de préjudiciable à sa carrière quand elle l'avait vu hors de lui et affligé. Elle avait ajouté qu'il devait rester le bel exemple qu'il était et avait toujours été pour ses enfants. Touché par le dernier argument, il avait choisi de l'écouter et de ranger sa colère hors de portée.

Un moine-soldat, un honnête homme, travailleur et irréprochable, c'était le visage qu'il présentait aux autres. Étranger aux plaisirs, il se comportait en bon chef de famille et de soldats. On ne lui prêtait, d'ailleurs, aucun vice, pas même celui dans lequel le commandement et les exploits militaires font souvent tomber : l'orgueil.

Sa fonction d'homme de l'ombre l'avait finalement maintenu dans une humilité et une élégante discrétion. Il était un lien inamovible entre les pouvoirs, celui qui passait l'arme, la Cellule Delta, dans les mains élues. Alors qu'il avait vu défiler quelques présidents, il gardait hermétiquement les secrets de chacun d'eux. Il ne trahissait pas et se mettait au service du nouveau président sans jamais évoquer le passé, les précédents, ni l'avenir, les prochains. Être la silhouette des présidents n'inspirait à Cyprien aucune espèce de fierté, mais une conscience aiguë des responsabilités.

Il rendait compte des activités de la Cellule Delta, du déroulement de ses opérations, et plus généralement des mouvements souterrains aux stratégies géopolitiques des pays sensibles pour la France, c'est-à-dire accueillant potentiellement des groupes armés fort mal intentionnés. Enfin et surtout, il obtenait le feu vert ou pas du président pour déclencher des opérations.

En l'occurrence, le président était d'accord avec « Qui vive » mais il ne mesurait pas, n'ayant pas tous les éléments, les risques de cette opération. Aujourd'hui, précisément, Cyprien allait les lui apporter et c'est ce qu'il redoutait… Devait-il craindre un revirement ? Allait-il devoir appeler Vincent et lui ordonner, à contrecœur, d'abandonner ?

Palais
mai 2011, Paris, France

En sortant de son immeuble, il frissonne malgré la température tempérée et grimpe, soucieux, dans la Safrane noire. Son chauffeur, Hector, lui trouve mauvaise mine et se permet de lui conseiller de se reposer. « Après tout, ajoute-t-il, on est dimanche ! » avec l'air de comprendre soudainement que lui non plus ne devrait pas travailler le week-end mais rester avec ses gamins qu'il ne voit qu'une semaine sur deux.

Cyprien entre toujours côté Marigny pour ne pas se faire remarquer… Seize heures trente précises. Le conseiller spécial de l'Élysée l'informe que le président le recevra bientôt. Celui-là semble plutôt antipathique. On dirait qu'il est de mauvaise humeur ou qu'il n'apprécie pas d'introduire auprès du chef de l'État un homme dont il ne sait toujours pas qui il est. Apparemment, il déteste ne pas être mis dans la confidence, il en éprouve un sentiment d'exclusion qui froisse son ego.

Avec ses lunettes et son regard chafouin, le monsieur n'inspire pas les meilleurs sentiments à Cyprien. Il le voit déambuler entre le bureau du président et celui de la secrétaire. En fait, il observe, discrètement croit-il, ce bonhomme qu'il a croisé trop souvent dans les couloirs du Palais.

Enfin, Cyprien est invité à entrer. Le président, derrière son bureau, paraît lui aussi fatigué et préoccupé. Ses cernes et ses traits tirés le trahissent. Des problèmes en France, une situation européenne et internationale tendue, les ennuis sont légion. Avec la meilleure volonté du monde, il se retrouve dans l'incapacité de résoudre la moitié d'entre eux. Là, il a plutôt le sentiment d'être en position défensive et d'agir pour éviter que les problèmes ne s'aggravent, voire se multiplient. D'habitude, il est plus jovial, un large sourire lui fend le visage quand Cyprien passe le pas de sa porte. Aujourd'hui, il n'en a pas le cœur. Il se doute, en outre, que son zélé colonel ne s'est pas déplacé pour discuter de sujets légers, de femmes ou de cinéma. Cyprien respire. Il craint de déprimer un peu plus son chef. Il voit bien son abattement, ne voudrait pas l'accroître. Pourtant, il est de son devoir de le tenir au courant, de lui dresser un tableau complet des enjeux et les grandes lignes de l'action en cours. Préparer le président pour qu'au moment voulu, il soit en capacité de donner son feu vert à l'opération.

— Alors cher ami, quelles nouvelles m'apportez-vous des poudrières ? Bonnes, je suppose !

Le président s'esclaffe. Puis, il reprend son sérieux et interroge Cyprien :

— Sérieusement, que se passe-t-il pour nous là-bas ?

— Ceux qui ont pris le pouvoir en Égypte et en Libye ne nous aiment pas beaucoup. La position littorale de la Libye est stratégique pour ces types dont le seul but est de nous détruire.

— Je croyais que nous avions agi en Libye pour avoir des influences sur les prochains gouvernants ?

— Ce n'est pas si simple, le CNT n'est pas structuré, délimité ni constitué uniquement par des hommes raisonnables. Certains sont de vrais démocrates qui voudraient rendre au pays ce qu'il mérite, une vraie liberté qui s'appuierait sur des droits rendus aux citoyens. D'autres voudraient un pouvoir religieux et parmi eux, certains sont des islamistes purs et durs qui rêvent d'un khalifat. Les Libyens ont été bousillés par toutes ces années de régime dictatorial et donnent leurs dernières forces pour retrouver Kadhafi et le supprimer. D'autres, des étrangers, plus forts, plus réfléchis, ont commencé à prendre le volant. La révolution s'est faite depuis le Qatar. Les Frères Musulmans, depuis l'Égypte, ont aussi aidé les Libyens et les chefs du Hezbollah veillent. Bref, les islamistes ont placé leurs pions, avec au milieu les lieutenants d'AQMI. La Libye présente pour eux une foule d'avantages…

— L'accès à la mer, donc…

— Oui, mais pas seulement. En effet, plus facile maintenant pour les djihadistes de remonter vers l'Europe…

— La France ?

— En priorité. Nous savons depuis des années que la France est un objectif essentiel pour les islamistes. Nos amis du GIA ont fait des petits… En 1994, ils voulaient rayer Paris de la carte. Aujourd'hui, nous avons des informations recoupées qui nous incitent à penser qu'ils cherchent à organiser un 11 septembre français, plus meurtrier encore si possible.

— Vous êtes en train de me dire que la révolution libyenne peut faciliter leur plan ?

— Assurément. Parce que, maintenant, on est certains qu'ils sont armés.

— Que voulez-vous dire ?

— Je veux dire que l'équipe du CNT, noyautée par les intégristes, a mis la main sur l'arsenal très riche de Kadhafi.

— En effet…

— Nous avons connaissance d'une réunion qui devrait se tenir très prochainement en Libye et qui rassemblera quelques chefs de file d'AQMI. Les chefs ou leurs lieutenants des principales formations islamistes du Proche et Moyen-Orient seront là. Et, bien sûr, nous sommes sur le coup car nous pensons qu'ils veulent coordonner des actions en vue de radicaliser tous les mouvements intégristes autour de la Méditerrannée.

— Pourriez-vous être plus explicite ?

— Nous sommes déterminés à couper des têtes mais…

— Mais ?

— Ce ne sera pas évident. Ils sont retors et ils sont au courant que nous les avons à l'œil… Surtout, ils sont nombreux.

— Vous avez combien d'hommes sur cette histoire ?

— Cinq, et des aides annexes sur place pour les renseignements.

— C'est peu, non ? Pourquoi pas plus ?

— Mes hommes, je ne vous apprends rien, en valent trente. D'ailleurs, je n'en ai pas plus. Et puis, dans la mesure où nous n'agissons pas officiellement, il est toujours compliqué de déployer des bataillons.

— D'accord, faites au mieux comme toujours, je vous fais confiance.

— Merci, monsieur le président.

— Avons-nous fini, Cyprien ?

— Si vous l'estimez, oui.

— En effet. Merci pour ce brief, je vais réfléchir à tout ça. Ne manquez pas de m'informer très régulièrement.

— À votre service, monsieur le président.

*

Cyprien quitte le Palais à moitié satisfait de son entrevue avec le président.

Il s'attendait à plus de curiosité de sa part sur les tenants et les aboutissants de l'opération. À aucun moment il n'a essayé de savoir qui exactement était attendu à la petite fête de terroristes. Le militaire avait souvent rencontré l'indifférence ou l'intérêt limité pour l'action des Delta. Il savait l'interpréter. Les présidents voulaient savoir sans savoir. Et ce désir paradoxal se soldait par un intermédiaire : ils en sauraient le minimum, les grandes lignes. Les détails sordides, violents, honteux ou ceux susceptibles de créer une trop grande inquiétude, étaient priés d'être tus dans les rapports que faisait Cyprien.

La géopolitique, d'accord, les enjeux, les alliances, les stratégies, d'accord aussi, mais les victimes collatérales, les blessés, les lâchés, les oubliés, les morts, mieux valait les enterrer sans les signaler là-haut, dans les salons feutrés de l'Élysée.

Finalement, comme pour les gens ordinaires, les agents choisissaient de ne rien dire aux sommets afin de les laisser dormir le peu d'heures qui leur restaient pour se reposer… Comme ça, ils pourraient dire qu'ils ne savaient pas…

Armés
mai 2011, Benghazi, Libye

Le paysage monotone et désertique lasse les deux journalistes. Mille trois cents kilomètres du Caire jusqu'à Benghazi, entourés de roches sèches et de sable. Avec une escale, en chemin, pour dormir un peu, manger et se doucher, à Tobrouk. Le port a le charme de ces lieux qui n'ont d'autre vie que celle de leur légende. Étant donné le contexte explosif du pays, personne ne s'aventure plus ici.

Sur la route, Julie et Miguel ont eu le temps de préparer leur reportage. Établir la liste de ce qu'ils voulaient obtenir en images et en contenu, planifier leurs premières heures sur place pour perdre le moins de temps possible, se répartir les tâches, penser déjà leur sujet. Le brief du rédac-chef à France I avait été tellement vaseux et prétentieux qu'ils s'étaient, une fois encore, marrés. Ce type était décidément le journaliste le plus fat et incompétent qu'ils aient croisé. À croire qu'il s'agissait d'un faux rédac-chef ! Il n'avait même pas été capable de leur dire : « Montrez-moi la liesse après la chute du tyran et la manière dont le pouvoir se réorganise pour l'avenir. » Quand ils croisaient des collègues qui, comme eux, couvraient l'actualité internationale, ils inventaient de faux sujets de reportages pour rire et illustrer un fait de notoriété publique dans le milieu des médias : leur rédac-chef était un idiot.

En fait, ils comptaient surtout s'attarder sur la partie réorganisation du pouvoir, l'après-Kadhafi. Bizarrement, le sujet, moins photogénique et impressionnant, présentait à leurs yeux un intérêt immense. Double. Ils pourraient approcher ainsi des têtes du CNT et les observer d'un peu plus près, interpréter leur discours. Les sentir, faire connaissance avec leur chair…

À Benghazi, on aurait pu croire que le monde entier s'était donné rendez-vous. Ça grouillait, journalistes locaux et internationaux débarqués pour couvrir l'actualité, opposants au régime de retour au pays… Il y avait eu autant de morts que de nouveaux arrivants. Le plus important pour Julie et Miguel était de ne pas être les seuls blancs, les seuls Occidentaux du coin, histoire de n'être pas trop visibles. Le chaos qui régnait dans la ville était aussi à leur avantage. La mort de l'ordre ancien et le jaillissement qu'elle provoquait avaient retourné le pays qui bougeait comme un milk-shake. Toute la population était dehors pour profiter de ces heures convulsives.

De la Libye, Aymard ne connaissait pas les villes mais avait entendu parler du désert par des anciens du Service Action qui, dans les années soixante-dix, avaient surveillé et attaqué les bases arrière de l'OLP et de l'IRA. Ce pays, décidément, avec ses vastes étendues de sable, avait abrité beaucoup trop de terroristes.

*

La voiture longe un des lacs verdoyants devant et bétonnés derrière qui arrêtent la mer. Malgré l'heure matinale, il fait déjà chaud en ce début avril. Quelques nuages fins zèbrent un ciel d'un bleu implacable. Julie et Miguel s'arrêtent devant un bâtiment dont la hauteur et les vitres teintées marron de la façade indiquent clairement qu'il a été construit dans les années soixante-dix, à l'époque où Mouammar Kadhafi ressemblait à un jeune premier et exerçait son pouvoir de séduction sur les Libyens et le reste de la planète. Sur les côtés blancs de l'édifice, il est écrit « hôtel Tibesti ». Dès l'entrée, Julie et Miguel notent que l'intérieur aussi est d'époque et que le lieu est le QG des médias opulents. Les autres médias, eux, nichent à l'hôtel Ouzo, de l'autre côté de la baie. En fait, leur dit un compatriote, l'attrait de ces deux hôtels, c'est leur connexion Internet. Ailleurs, il est beaucoup plus difficile de travailler.

Pour récupérer la clé de sa chambre, il faut faire la queue comme dans les voyages organisés que Julie a bien connus… Elle déteste attendre. Leur ressource la plus précieuse en mission, c'est le temps. Les actions ne doivent jamais s'éterniser. Être furtif, être fluide pour ne pas être saisi. Ils s'installent, en attendant, dans de grands canapés dignes des intérieurs dans la série américaine seventies, *Dallas*. Autour d'eux, des journalistes surexcités et des conversations à très haute voix qui se chevauchent. Une vraie volière. Sur leur gauche, deux femmes, l'une vraisemblablement maghrébine, l'autre anglaise, échangent, elles, à voix basse.

Aymard n'est pas étonné : les bonnes infos circulent souvent en sourdine entre les journalistes. Quand on tient un scoop, la discrétion est de rigueur. Alors il tend l'oreille pour capter des bribes, au moins. D'autant que la plus brune des deux, il lui semble la connaître sans avoir l'impression de l'avoir croisée dans un contexte professionnel. Ces yeux noirs étirés, ces cheveux brillants, même ce parfum lui sont familiers. Il vient d'entendre son prénom prononcé avec l'accent anglais, Mouna. Peu à peu, l'audition d'Aymard s'habitue au chuchotement. Il saisit quasi la totalité de ce qu'elles se racontent :

— Non, cette révolution, encore une fois, est manipulée. Certains loustics suspects qui gravitent dans le CNT paraissent très intelligents…

— La manière dont ils ont convaincu le monde entier…

— De leur innocence et de leur bonne foi…

— Ce qui est clair maintenant, c'est qu'ils ont joué la carte de la victimisation pour que des frappes internationales soient décidées et qu'ils puissent prendre le pouvoir.

— C'est pas plus mal, même si les motifs sont louches.

— Pour voler ce qui les intéresse…

— Les armes.

— Tu sais, au CNT, il y a de tout. J'ai remarqué qu'ils ont des stratégies de combats qui me font penser à celles du GIA avec lesquelles j'ai frayé autrefois…

— Ah oui, tu es algérienne ?

— Oui, et c'est une longue histoire. Je te parlerai de ça une autre fois.

— Tu veux trouver quoi ici ?

— Une cohérence.

— Je ne comprends pas.

— Je veux arriver à départager ce qui est spontané de ce qui est programmé dans cette révolution. Distinguer dans tout ce bazar les véritables enjeux de ce qu'il se passe ici, tu comprends ?

— Oui, mais fais gaffe quand même, si tu commences à chercher du côté des ramifications du même genre que le GIA, tu t'exposes aux emmerdes…

— Pourtant, il faut que je sache, c'est important pour l'avenir de savoir dans quelles mains est passé ce pays.

La conversation des deux femmes avait passionné Miguel qui essayait de signifier à Julie de se taire pour le laisser s'y absorber. L'évocation du GIA, il la connectait à cette sensation qu'il ne pouvait s'empêcher d'avoir, de la connaître, la Mouna en question. Il finirait bien par préciser son intuition.

Pour l'instant, il replongeait dans des histoires qui le ramenaient à la fin des années quatre-vingt-dix, quand lui et les autres Delta faisaient la chasse aux méchants du GIA en pleine sale guerre algérienne. Il se rappelait surtout la montée en violence et l'intensification de leurs actions spéciales. Après l'assassinat atroce des moines de Tibhirine, l'ambiance avait changé. Ils ne feraient plus de quartier, ils redoubleraient d'efforts pour effacer ces mecs. Une espèce de fureur s'était emparée de la DGSE dans son ensemble. Au Service Action, ils avaient glané des informations dans tous les sens. L'ensemble des agents avait été réquisitionné. Une fois les dossiers montés, les Delta les récupéraient pour opérer. Ils neutralisaient les cibles indiquées par Cyprien.

Un désir de vengeance s'était propagé au sein des services. Et eux, les Delta, avaient tout fait pour le satisfaire, brutalement, mais finement. Il n'était pas question de supprimer les terroristes directement et de les inciter ainsi aux représailles. Non, la méthode consistait, le plus souvent, à aider les ennemis de ces terroristes, à les armer, les renseigner et, en dernier lieu, les pousser à tuer, ce qui nécessitait, à vrai dire, assez peu d'efforts. En outre, ils avaient remarqué que le bénéfice supplémentaire de cette façon de faire était la radicalité avec laquelle les exécutants algériens faisaient le job. Ils se contentaient rarement d'un seul mort. Son entourage succombait généralement avec la cible. Ils éliminaient en moyenne une dizaine de personnes, comme pour être sûrs que leurs adversaires ne repousseraient pas.

Julie, qui s'ennuie de ne pas pouvoir parler avec son compère, fait des allers-retours à la réception pour s'assurer qu'on ne les a pas oubliés et qu'ils obtiendront bien une chambre, très bientôt, espère-t-elle. Enfin exaucée, elle va chercher, guillerette, Miguel, un peu déconcentré par sa cascade de souvenirs et l'odeur de Mouna.

Quand il se lève, elle lui jette un regard et il perçoit sur son visage une réaction de surprise. Elle aussi paraît le connaître. Ils se sont déjà vus. Mais où et quand ? Miguel pressent qu'il est urgent qu'il se le remémore.

DOUBLE-JEU
MAI 2011, BENGHAZI, LIBYE

Dina donne à Hichad trop peu d'informations sur son mari, lequel évite de parler devant elle ou, quand il le fait, transforme ses phrases en énigmes. Il insiste, en finesse. Afin de justifier sa curiosité, il amène le sujet en le centrant faussement sur les difficultés de sa situation conjugale, les activités qui influeraient sur le comportement de Dalil, sa violence et la haine de sa propre femme. Mais elle peut difficilement lui confier ce qu'elle ne sait pas. Par contre, à l'hôpital, sans faire exprès, elle entend souvent des choses intéressantes. Les gens se livrent aux infirmières et ne se gênent pas pour discuter librement devant elles avec les proches qui leur rendent visite. Ils évoquent la situation, racontent comment ils ont été blessés, critiquent ou encensent tel ou tel personnage public libyen, pleurent en faisant allusion aux crimes de Kadhafi beaucoup plus nombreux que prévu, se réjouissent aussi ou s'inquiètent du futur. La ville entière, en fait, défile à l'hôpital et déverse des renseignements et des émotions.

À Hichad, elle raconte ses journées, se délestant ainsi de ses doutes, de ses angoisses, des histoires trop lourdes et, tout à l'heure, elle lui a donné un détail qui a fait mouche. Elle a mentionné l'un de ses malades, un Libyen diabétique, Ariuc, à qui il avait fallu couper une jambe et qui se vantait auprès d'elle de gagner beaucoup de fric. Par politesse, elle avait fait semblant de s'intéresser en demandant comment. Il avait balancé qu'il avait trouvé avec deux de ses amis une des caches d'armes de l'ex-dictateur et qu'il touchait un pourcentage sur les ventes. Dina avait ri en imaginant un genre d'hypermarché où des familles mettaient des armes dans des caddies. Le business, en réalité, se faisait plus discrètement. Et dans les clients, il y avait de tout, avec des plus ou moins gros moyens. L'unijambiste, lui, s'excitait dans son lit, avait l'œil qui brillait quand il disait « gros clients, des huiles ». Il insistait, pour se mettre en valeur, sur le montant des sommes, faramineuses selon lui. Dina le félicitait pour ces succès et lui souhaitait sincèrement de pouvoir ainsi s'acheter une prothèse à l'étranger. Pour l'infirmière, il s'agissait uniquement d'une anecdote tragi-comique, mais pour son amant, c'était du miel. De ce bouffon mutilé, il pourrait obtenir des détails sur ce que contenait l'arsenal de Kadhafi et, mieux encore, apprendre l'identité de ses nouveaux propriétaires.

La réactivité d'un Delta était élevée. Hichad avait laissé partir sa maîtresse et s'était dirigé aussitôt vers l'hôpital. Sous la visière de sa casquette, il passait en revue tous les malades du troisième étage. La climatisation était cassée depuis longtemps dans les pièces grises, et un ventilateur sur trois tournait mollement au-dessus de pauvres lits déglingués aux draps pas très nets. À Benghazi, ils n'avaient pas encore reçu d'aide et l'hôpital débordait. Les médecins et le personnel soignant géraient trop de malades avec du matériel défaillant, des pénuries sérieuses d'analgésiques, de compresses... et des conditions d'hygiène qui n'étaient plus tout à fait aux normes.

Ariuc était caché derrière un rideau troué. Il somnolait, la bouche ouverte. Dans son arabe le plus civil, Hichad salue le malade qui se réveille en sursaut et regarde, éberlué, son visiteur. Pour dissiper rapidement la méfiance d'Ariuc, Hichad annonce la couleur. Des armes, on lui a dit que le meilleur interlocuteur pour des armes de qualité, il l'avait en face de lui. L'autre paraît gêné et voudrait savoir qui est « on ». Mais Hichad explique qu'en bon Libanais, il compartimente le bussiness. Et ajoute : « Il n'y a rien à savoir, j'ai besoin d'armes pour aider des amis en dehors du pays, point barre. Si vous pouvez m'en vendre, on continue à discuter, sinon, je m'en vais, c'est simple, très simple. »

Le ton sec et les arguments ont porté. Ariuc scrute le Libanais et semble songer : « Avec toi, je vais gagner de l'argent. » Il lui propose de repasser le lendemain, le temps pour lui de prévenir ses fournisseurs et d'organiser un rendez-vous hors de l'hôpital.

Hichad se satisfait de ce cadeau fait malgré elle par Dina. Il lui faut passer l'information à Vincent, resté à Cercottes pour préparer l'action. Et avec l'acheteur, ne pas donner l'impression de vouloir tout prendre, d'aller à la pêche aux infos, rester précis. Avec qui Ariuc marche-t-il ? Se contente-t-il de faire du blé en écoulant un stock d'armes ou milite-t-il ? Il parle trop pour être un islamiste sanguinaire. Son rôle dans le trafic doit être circonstanciel.

Réminiscence
mai 2011, Benghazi, Libye

La chambre du Tibesti ne dépareille pas. Elle est restée dans son jus pendant toutes ces années, l'odeur, en plus de la décoration, en témoigne. Humidité, tabac froid, poussière des moquettes, vieille sueur, des effluves se mélangent et écœurent l'étranger qui a le malheur d'y loger. « Dis, Aymard, rassure-moi, nous y passerons le moins de temps possible dans cette chambre, hein ? »

Annie supportait mal les agressions olfactives. C'était son tour de démonter les caméras et c'est assurément cela qui la mettait d'une humeur de dogue. Et d'avoir attendu en bas, pour ça ! Ils se trouvaient au 7e étage et bénéficiaient d'une vue panoramique sur Benghazi, totalement floutée par la saleté sur les vitres, du sable collé et sédimenté. Après avoir vérifié qu'aucun micro n'était planqué, Aymard regardait les immeubles ocre et beiges qui s'étendaient loin et donnaient à la ville son côté vétuste. Et essayait de repérer mentalement l'endroit où ils rejoindraient Hichad, plus tard. À Cercottes, avant de partir, il avait appris Benghazi par cœur. Un GPS vivant. Il lui fallait à présent connecter sa 3D avec celle de la ville. Maintenant qu'il était là, il serait informé de la localisation des types à surveiller. Comme souvent, des mecs de la DGSE fournissaient des éléments importants, ils nourrissaient les dossiers des cibles.

Là, ils avaient fait un repérage quinze jours plus tôt et attestaient de la présence de certains islamistes qu'ils avaient dans le collimateur. Les informations étaient bien souvent incomplètes mais permettaient de commencer à circonscrire l'action. L'ambassade apportait également des éléments utiles, une température. Parfois aussi, elle était dépassée par les événements. Comme en Algérie, dans les années les plus dures.

Tout à l'heure, Mouna avait établi un lien entre le GIA et des individus du CNT, comparant leur méthode. Elle n'avait pas tort. Certaines factions du GIA avaient disparu, supprimées le plus souvent par d'autres ou dissoutes quand leur chef venait à disparaître accidentellement. Les proximités que la Cellule avait observées entre les Frères Musulmans et les restes des groupes de combat algériens inquiétaient Aymard. Ils avaient consacré leur jeunesse à coller au train du GIA pour l'éliminer mais, semblait-il, avaient échoué. Tels les cafards, ils survivaient, voire se multipliaient quand on essayait de les buter. Ils n'avaient pas hésité à fusionner avec leurs frères d'AQMI afin de poursuivre leur entreprise de destruction. Encore plus qu'hier, ils avaient la rage. Ils avaient fini par apprendre la part active que prenaient les services français à la guerre qui les décimait et étaient fermement décidés à prendre une revanche sur eux.

Depuis le début des années deux mille, les Delta regardaient derrière eux et s'assuraient que ne s'y trouvait pas un Algérien mal intentionné. Le GIA ne pardonnait jamais ses morts et vous accrochait le mauvais œil pour l'éternité. En particulier, ils n'avaient pas encaissé l'assassinat de Djamel Zitouni. Chef avéré du GIA qui venait d'être évincé, il représentait pour les Français un ennemi majeur, responsable notamment de la mort des moines. La Cellule avait été renseignée sur les déplacements qu'il effectuait dans sa région, Médéa. Et, par des informateurs, avait appris qu'à l'intérieur du GIA, certains voulaient sa peau. Aymard avait été envoyé pour prendre contact avec les comploteurs, le groupe des djaz'aristes que Zitouni avait persécuté. C'était la première mission d'Aymard au sein des Delta. En solo, qui plus est. Un semi-dépucelage. Il avait mis plus d'une fois les pieds en Algérie dans le passé. Il coursait les méchants du GIA depuis quelques années déjà au Service Action… Cette fois, c'était différent, il ne se contenterait pas d'additionner des renseignements sur les cibles mais les tirerait.

Il avait rencontré les dissidents dans un bar pourri de Bab-El-Oued à Alger et s'était rendu compte qu'ils n'en étaient encore qu'au stade de l'intention. Rien n'était planifié. Après une quinzaine de minutes, Aymard avait fait avancer la discussion. Il avait suggéré une embuscade et expliqué sur la table en se servant des verres et des bouteilles comment il voyait le dispositif. Bloquer devant, puis derrière et arriver latéralement, c'est ce que le Delta avait l'habitude de pratiquer. Devant l'apathie de ses interlocuteurs, il s'était montré encore plus concret. De combien d'hommes pouvaient-ils disposer ? Il leur avait garanti l'aide logistique. Il fournirait les armes.

Le piège a été programmé avec minutie. Aymard ne sent pas les djaz'aristes. En conséquence, il a pensé tous les cas de figures possibles. Des plans A, doublés de plans B, et même parfois de plans C. Il n'a pas lésiné. De ses alliés d'un jour, il ne peut se passer. Il lui faut un responsable officiel à l'assassinat et une proximité plus grande avec la cible. En parfaits frères ennemis, les djaz'aristes sont rencardés sur les faits et gestes de Zitouni. Aymard savait tout de ses habitudes, c'était réglé ; car, comme on dit dans la boîte, les habitudes tuent ! Il suffit de choisir son heure.

Aymard est nerveux. Toujours comme ça avant une opération. Il est tendu, aiguisé et ne gaspille pas une once d'énergie. Il travaille à resserrer ses forces, à respirer pour se mettre dans un état d'éveil maximum. Un des instructeurs d'Aymard au Service Action, Philippe, lui donnait l'image d'un volume d'eau réparti dans un bassin mais qui, pour trouver sa puissance, doit se canaliser. Le moment précédant la mission ou le moment délicat était ce tuyau dans lequel faire passer de la matière molle pour la vivifier. Il répétait « ne pas parler avant, garder sa voix à l'intérieur et se guider ».

Quand il était adolescent, dans sa cité, avec quelques lascars, ils avaient l'habitude de piquer des deux-roues en ville. Les descentes se finissaient souvent mal à cause de leurs engueulades. Ils n'étaient jamais d'accord et commençaient par s'embrouiller avant d'avoir atteint la rangée de scooters. Le ton montait, les insultes fusaient, les coups partaient et la baston cessait quand un habitant de l'immeuble au-dessus gueulait par la fenêtre en menaçant d'appeler les flics. Lui, Aymard, évitait de prendre part à l'engueulade dont il ne comprenait pas même le motif. Une seule fois, il avait été forcé de réagir. L'autre blanc de leur petite bande de délinquants l'avait provoqué, il marchait devant lui sous les réverbères et se foutait de sa gueule : « Tu flippes, hein ? Tu dis rien parce que tu te chies dessus, vas-y, dis-le… » Au bout de la cinquième fois, il avait bougé, sans s'énerver vraiment, calmement. Avec une économie de gestes, il l'avait fait taire.

Un coup de boule abrupt et efficace. Ça l'avait étonné lui-même d'être capable d'un tel réflexe. Il avait senti sous la pression de son front le craquement du nez, les os se briser en petits morceaux. Et dans sa tête, trop de sang, trop de chaleur. Plus personne n'avait jamais osé le titiller, il avait imposé le respect une bonne fois pour toutes. Plus tard, le gamin auquel il avait cassé le nez s'était pris une balle dans un affrontement entre bandes rivales, il était mort.

Juste après, Aymard avait quitté Aubervilliers définitivement. Il avait laissé ses parents dans leur boulangerie et leur petite vie médiocre, il avait abandonné l'absurdité des immeubles où ses copains mouraient avant de s'être battus ou pourrissaient lentement dans leur béton.

L'armée, elle, était neutre. Il suffisait d'écouter, il était si facile de ne pas avoir à parler, et de se fondre dans une masse. Aymard aimait les individus mais pas les individualités. La seule façon d'exister était le groupe, le collectif, la somme des autres et de soi. Dans les fumées sales de sa banlieue, la vie ne pouvait pas se passer des autres. Sans les potes, il n'y avait rien. Eux aussi, pourtant, il les avait abandonnés à leur sort certain, sans état d'âme. Lui, il s'en sortirait, il ne finirait pas alcoolique, il ne serait pas l'un de ces vieux gars abîmés qu'il voyait s'éterniser dans les bars autour du métro de la mairie d'Aubervilliers. Il ne mourrait pas lentement sans avoir eu le temps de vivre.

UN REGARD
JUILLET 1996, MÉDÉA, ALGÉRIE

La route sillonne à travers des collines séchées par le mois de juillet avant de redescendre dans une gorge qui longe le lit d'une rivière évaporée. C'est là bien sûr qu'ils peuvent se dissimuler et attendre que les deux voitures se montrent. Ils savent que Zitouni passera par là. Ils ignorent par contre qui sera avec lui, combien ils seront. Dans le doute, une petite armée s'est déployée. Ils attaqueront par le haut, depuis les corniches, et par le bas, en sortant des excavations.

Deux voitures se pointent au loin, annoncées par un observateur. Au fur et à mesure qu'elles se rapprochent, leurs passagers se précisent. Huit personnes, en tout. Huit futurs cadavres.

Ils sont là, maintenant. Les tirs sont déclenchés. Les pneus crevés, les véhicules arrêtés, les hommes qui sortent pour répliquer s'accroupissent contre les portières ouvertes. Les pare-brise s'étoilent d'éclats, les balles bouillonnent dans l'air et le bruit des AK-47 offerts, à regret, par Aymard, s'étoffe avant de décroître. Les résistances tombent l'une après l'autre. Cinq hommes du convoi pissent déjà le sang par terre. Un autre se sert du corps d'un de ses acolytes dont la poitrine est lardée de projectiles pour rester en vie quelques secondes de plus. Il finit par tomber, lui aussi, et les tireurs embusqués notent que le calcul n'est pas bon. Deux silhouettes demeurent dans l'une des Peugeot. Une assez grande, une beaucoup plus petite.

Aymard avait négocié avec ses compères d'être celui qui tuerait Zitouni. L'honneur de la France qui, pour lui, constituait une valeur fondamentale, avait été bafoué. Ce sale enfoiré de terroriste leur avait gâché la vie et avait assassiné de sang-froid et d'une manière épouvantable de pauvres religieux innocents. Il méritait de payer et que la dernière arme qu'il ait le loisir de voir avant qu'elle ne lui tire dans la tête soit tenue par un Français. Depuis le début de l'action, Aymard s'était tenu en retrait. Il était intervenu en amont pour mettre au point l'embuscade et allait clore la séquence en se chargeant personnellement du chef.

Dans le silence mortel qui suit le feu d'artifice, Aymard descend du rocher depuis lequel il surveillait le déroulement de l'opération. Il tient son glock fermement dans sa main droite. Il avance dans sa djellaba beige, le regard accroché à la voiture. La barbe qu'il a laissée pousser pour faire couleur locale rehausse le vert de ses yeux. Il ne porte pas de lunettes, il veut tuer Zitouni de face, clairement. Ils n'ont pas les mêmes méthodes. Zitouni, lui, est un lâche qui ne respecte pas ses victimes, qui les déshumanise pour les abattre sans culpabilité. Et bien que le terroriste soit un chien, lui, Aymard, va le flinguer en homme. Deux acolytes suivent le Delta, au cas où. Il ne se trouve plus qu'à quinze mètres quand il distingue sur la banquette arrière, à côté de sa cible présumée, un voile noir, une femme ! Dans la Cellule, personne n'est jamais partant pour tuer une femme. Ça ne se fait pas, à moins de ne pas avoir le choix, que la femme en question soit une menace de mort. Un code d'honneur qu'ils n'ont pas trop de mal à appliquer : pas de femmes, pas d'enfants.

Aymard déteste ce genre de situations. Il se peut, en plus, que la femme n'en soit pas une, et qu'il trouve une barbe et une arme en ôtant le tchador. Rester aux aguets. À moins d'un mètre, Aymard perçoit parfaitement Zitouni, sa bouche lippue, son visage d'Africain et ses yeux noirs dont les pupilles, minuscules, disent la haine et la peur. Le regard qui perce le voile, à côté de lui, exprime, lui, l'incompréhension. L'agent leur fait signe de sortir de la voiture. Ils s'exécutent. Un des hommes qui accompagnent Aymard accueille la femme du côté droit du véhicule. À sa grande surprise, il voit se déplier une petite chose sous le voile. Soit cette femme est trapue, soit elle est jeune… Ni elle, ni Zitouni ne prononcent une parole. Pétrifiés probablement. Lui sait qu'il est au bout du chemin, elle paraît plutôt perdue.

Il a rêvé quinze fois ce moment. Il a imaginé chacun des gestes qu'il ferait et des mots qu'il dirait en explosant la tête de Zitouni. Enfin, son fantasme a pris chair. Pourtant, cette situation lui semble irréelle. La présence surprise du voile contribue peut-être à cette sensation. Il tient Zitouni en joue et reste silencieux. Il fait un pas et lui demande dans sa langue : « J'espère que tu sais pourquoi tu vas mourir, fils de Satan ? » Sans attendre de réponse, il tire. Ploum ploum… ploum. Deux dans le cœur, une dans la tête, pour confirmer. De l'autre côté de la banquette, la fille hurle et confirme, avec des aiguës, qu'elle est une fille. Elle pleure convulsivement tandis que Zitouni finit par perdre tout son sang par la tête. Apparemment, ses amis d'un jour comptent bien l'éliminer elle aussi. Elle a vu leur visage. Aymard, spontanément, n'est pas d'accord. Pas de femme, putain, hors de question. Impensable pour un soldat de la République. Après dix minutes de discussion âpre pendant lesquelles la fille passe, à chaque réplique, de l'espoir au désespoir, Aymard obtient sa grâce.

Mais c'est lui qui devra s'en charger, en faire ce qu'il veut. Après avoir conclu la conversation comme ça, les djaz'aristes se volatilisent, et lui laissent un charnier, une voiture et la fille voilée. Il lui ordonne de monter dans la jeep, il a gardé son arme en main. Elle grimpe avec difficulté en pleurant, toujours. Pendant les cinq kilomètres qu'ils parcourent, elle ne fera rien d'autre que sangloter. Là où les collines sont les plus désertiques et où les routes donnent l'impression de ne mener nulle part, il arrête la bagnole, se tourne vers elle et lui dit d'un ton impérieux : « Descend et dégage. Par ici, c'est Médéa, par là, c'est Blida, comme tu veux ».

Aymard redémarre. Dans deux jours, il aura quitté l'Algérie.

*

Aymard n'avait rien caché à Vincent. Il lui avait parlé de cette fille qu'il avait graciée. En fait, il savait qu'il n'entendrait aucune remontrance de la bouche de son capitaine. Les femmes, on ne les tue pas. Il connaissait les opinions du chef sur la question. Vincent aurait fait comme lui.

Vincent avait fait comme lui. En Algérie aussi, pendant une opération épineuse dont l'issue avait failli être fatale pour lui. Et dont il n'avait saisi les ressorts qu'après coup.

Après l'assassinat de Zitouni, les factions du GIA avaient eu vent de l'implication des Services français dans le traquenard. Ils avaient déployé des oreilles dans tout le pays et cherché à obtenir des renseignements en France, via leurs réseaux islamistes, sur l'identité du tueur. Aymard, donc. La survivante du piège serait capable de reconnaître sa voix, sa taille…

Vincent avait su que le GIA s'agitait pour trouver la Cellule. Il avait prévenu le reste de la troupe que les opérations en Algérie requéraient encore plus de soin et de vigilance qu'auparavant. Qu'ils n'étaient plus seulement des chasseurs : les Delta, à leur tour, étaient des proies.

Cyprien et Vincent n'en poursuivaient pas moins leur entreprise de neutralisation des têtes du GIA. De 1996 à 1997, ils avaient largement contribué à assainir les milieux terroristes algériens en en tuant les lieutenants. La plupart du temps, c'est Vincent qui préférait s'en charger, compte tenu de l'atmosphère explosive. Il ne voulait pas faire prendre de risques aux quatre autres. En chef, il avait intégré le sens du sacrifice.

La prochaine cible était lourde, il s'agissait de Lyes Zouarbri, le frère de l'élu du FIS abattu quatre ans plus tôt. Déserteur, criminel réputé pour sa cruauté, son plaisir à violer et à tuer, il avait remplacé Zitouni à la tête du Groupe Islamiste Armé après l'avoir assisté. Jeune et dangereux, il était une priorité pour la Cellule.

Or, pour Vincent, il était impensable de missionner Aymard à nouveau. Hichad, lui, était occupé, avec son anglais et son arabe impeccables, en Grande Bretagne à traquer un imam suspect. Il s'était désigné lui-même pour accomplir cette tâche nécessaire et avait demandé à Henry d'effectuer la préops.

Traître
juin 1997, Alger, Algérie

Ce dernier avait noué des contacts, comme pour Zitouni, avec des ennemis internes au GIA. L'intermédiaire qui avait permis à Henry d'approcher les adversaires de la cible était… Nicolas. Il faisait toujours partie du Service Action. Vincent ne l'avait pas fait virer après sa tentative échouée de le prendre dans la Cellule. Il avait parlé pourtant, il avait prouvé qu'il n'était pas digne de confiance. Ni pour être un Delta, ni pour être un agent du Service. La clandestinité de sa Cellule avait forcé Vincent au secret. Comment aurait-il pu, sans l'évoquer, justifier la culpabilité de Nicolas ?

Seul Vincent était au courant que Nicolas avait été pressenti pour faire partie de la Cellule puis refusé. Henry connaissait l'homme pour l'avoir croisé à Cercottes et l'appréciait plutôt. Le fait qu'il soit un ami d'Hichad le confortait dans une opinion favorable. Arrivé à Alger, Henry l'avait rencontré au bar du Sofitel sur la baie, et avait recueilli ses informations.

De son côté, Nicolas soupçonnait Henry et les autres Delta depuis qu'il s'était vu en miroir après son kidnapping. Il avait compris que ses ravisseurs ne pouvaient pas être les islamistes qu'il combattait. D'autres, du Service Action, étaient passés à la même moulinette. Donc, ils avaient tous subi un test. Mais ce que Nicolas n'avait pas immédiatement perçu était son enjeu.

Plus tard, assis à côté d'Henry, la baie d'Alger sous les yeux, il avait eu une révélation. Aux questions du Delta, il avait compris qu'il préparait une opération ultra-secrète dont l'objectif était probablement de neutraliser Zouarbri. Le genre de trucs que la DGSE ne faisait pas normalement. Nicolas avait maintenant connaissance de l'existence d'un groupe secret à l'intérieur du Service qui était autorisé, lui, à tuer…

Il avait regretté d'autant plus amèrement de ne pas en être et s'était mis à en vouloir à Vincent de l'avoir refoulé. Et il avait pris sa décision : il se vengerait quand l'occasion se présenterait. Et, d'expérience, il était certain qu'elle se présenterait.

En rentrant en France, Nicolas avait volontairement passé une soirée avec Hichad et l'avait fait boire pour lui soutirer des renseignements. Il avait parlé d'Henry pour faire réagir son ami. Hichad avait seulement dit : « Oui, mais c'est Vincent qui prend la suite là-bas, tu risques de le voir et de l'aider… »

« Il n'en est pas question », avait alors pensé Nicolas.

Le lendemain de sa soirée picole avec Hichad, il avait manœuvré pour récupérer une photo. Il était passé voir une secrétaire à Cercottes avec laquelle il avait eu une aventure. Malgré son physique disgracieux – une peau grêlée, une taille réduite, un visage porcin – il plaisait aux femmes. Il en avait une, mais comme souvent, elle ne lui suffisait pas. Pas particulièrement avenante, son épouse avait le mérite d'élever leur fils de huit ans, et de le supporter, lui et sa colère permanente, lui et sa violence naturelle. Elle n'avait droit à rien, sauf se taire et être d'accord.

La petite secrétaire, ça l'avait excité un temps de la lutiner un peu partout sur la base. Après, il s'était lassé, avait cherché une autre victime. Il tombait sur les masos, celles qui se mettent à aimer quand on les maltraite.

La fille, une jolie brune un peu vulgaire, avait toujours un faible pour Nicolas et lui avait refilé sans difficulté le trombinoscope du Service. Il l'avait ensuite encouragée à se refaire une beauté pour sortir dîner avec lui. Pendant qu'elle avait remis dans les toilettes de son rouge à lèvres rose nacré et ouvert un bouton de son chemisier en synthétique brillant noir, son ex futur amant faisait, avec son téléphone portable, une photo de Vincent.

Il était reparti avec trois jours après à Alger. Pour la montrer.

Il avait mis la tête du chef des Delta sous les yeux des comparses de Lyes Zouarbri et avait menti. Il leur avait affirmé qu'il était le type qui avait flingué Zitouni. Et il avait ajouté : « Méfiez-vous, il ne va pas tarder à se ramener dans les parages. Si j'étais vous, je me mettrais en alerte… »

À force de fréquenter des voyous, de voir des horreurs, de manier les armes, Nicolas avait, en fait, perdu tout sens moral. Il n'éprouvait aucune culpabilité à l'idée de mettre Vincent en danger. Il n'avait pas hésité. Sa détermination à nuire s'était, paradoxalement, construite dans les Services mais retournée contre eux. Et l'épisode de l'enlèvement et de la torture, conclu par son rejet, avait terminé de le rendre méchant.

Au sein du GIA, on avait pris très au sérieux la mise en garde de Nicolas et on avait bien mémorisé la tête du chef des Delta. Des soldats du Groupe avaient été placés à l'aéroport et dans les hôtels de la ville qui accueillaient des Occidentaux. Ils attendaient tous de voir apparaître Vincent.

Il était arrivé mais, sous son identité fictive, il était méconnaissable. Avec une moustache, de grosses lunettes carrées, des costumes mal taillés, il jouait le rôle de Robert Binet, un entrepreneur du BTP, venu en Algérie initier le chantier de la résidence d'un ministre. Il faisait exprès de parler fort, mal, et de fumer des Gauloises. Il adoptait le comportement type d'un Français : geignard, arrogant et grossier.

Par d'autres agents sur place, Nicolas avait su que Vincent était là. Il n'avait pas pu s'empêcher de prévenir les islamistes.

Le plan de Vincent prévoyait qu'il attende Zouarbri avec quatre de ses opposants sur le chemin qui le ramenait chez lui. Il ne s'attendait pas, par contre, à tomber sur un faux Zouarbri et une troisième voiture destinée à une éventuelle riposte en cas d'attaque surprise.

Ça s'était mal passé. Très mal.

Avec ses quatre alliés, ils avaient fait péter les deux voitures au lance-roquettes. Et, alors que, contents d'eux, ils s'apprêtaient à vider les lieux, ils avaient vu se profiler une bagnole avec des types aux fenêtres en train de tirer. Dedans, Vincent avait cru distinguer Zouarbri. Deux de ses acolytes s'étaient pris des balles mortelles et les deux autres s'enfuyaient à toutes jambes en zigzaguant. Au bout de cinq minutes d'échanges en rafales, Vincent avait cru plus sage de déguerpir à son tour. Il avait réussi à grimper dans la voiture dont les pneus n'étaient miraculeusement pas crevés. Il s'était enfui et avait quitté le pays dans la soirée avec sa moustache et ses lunettes, le souffle un peu plus rapide.

Il avait eu peur et n'était pas sûr d'avoir accompli sa mission : Zouarbri n'était peut-être pas mort. Son doute avait été confirmé peu de temps après. Il ne se trouvait dans aucune des deux voitures que Vincent avait pulvérisées. Il avait échappé à la mort parce qu'il avait été prévenu.

Pourtant, personne n'était au courant, hormis les Delta, du projet de meurtre. Et il était inconcevable que l'un deux ait pu parler à qui que ce soit. Le seul moyen dont Vincent disposait pour tracer le délateur était de diligenter une petite enquête directement dans le camp d'en face... Henry, à l'aise sur le territoire et bien connecté, avait mené les recherches.

Il avait eu l'info demandée. On ne lui avait donné aucun nom, mais on lui avait décrit l'individu qui les avait prévenus et précisé qu'il avait montré la photo d'un mec aux yeux clairs et au crâne rasé censé être le méchant qui butcrait Zouarbri.

L'informateur avait été plus que généreux. Henry n'en revenait pas. Une photo de Vincent, il leur avait même filé une photo de Vincent.

Le Delta, dans l'avion qui le ramenait à Paris, avait induit de la photo que le traître voulait spécifiquement la mort de Vincent, plus que l'échec de l'opération contre les islamistes.

Rentré à Cercottes, il avait relaté à Vincent ses conversations avec les informateurs et, en décrivant le type qui avait livré la photo, s'était arrêté au milieu d'une phrase.

Il venait de les associer. Le petit blond du Sofitel, l'agent de liaison pendant la préops, et celui dont on lui avait donné le signalement.

Le traître, c'était Nicolas. Henry en était sûr. Et Vincent ne s'en était pas étonné. Il avait immédiatement appelé Cyprien. En fait, il hésitait. Il brûlait de régler le cas Nicolas à sa manière, la plus radicale, mais savait devoir en référer à son supérieur.

Cyprien avait défendu à Vincent de régler le problème Nicolas. Il s'en chargerait. Il allait le faire arrêter, condamner. Le traître ferait de la prison. La vengeance de Nicolas avait échoué. Encore une fois, il n'avait pas su garder la tête froide et prouvait à nouveau qu'il n'était pas digne du Service Action. En attendant, Vincent aussi était tricard en Algérie et gardait de sa dernière mission un fort mauvais souvenir.

Mai 2011
Benghazi, Libye

Hichad est passé à l'hôtel Tibesti déposer un cadeau de bienvenue à l'intention des deux journalistes. Des dattes dans une grande boîte blanche accompagnée d'une carte à l'effigie de l'Ambassade de France. Sur un bord du papier de soie qui enveloppe les fruits, en relief et à l'envers, une adresse est inscrite en transparence. Il a suffi à Annie et Aymard de la passer au crayon de papier pour la récupérer. Quant à l'horaire, il correspond au nombre de dattes. dix-neuf heures, après la prière, quand la nuit est déjà là.

Maintenant, il les attend dans son appartement. Ils sont probablement au bureau du CNT pour récupérer le laissez-passer qui leur permet de se promener en ville sans être soupçonné d'être des disciples de Kadhafi. C'est le passage obligé pour tout visiteur étranger débarqué dans le pays. Le CNT est seul maître et décide du mouvement des personnes… et des biens. Le rencard avec son nouveau copain fournisseur d'armes à l'hôpital est fixé au lendemain. Pas mécontent de gagner des renforts pour accélérer la préops, Hichad met au clair dans sa tête toutes les données glanées depuis son arrivée.

Le sommet inter-pays d'islamistes est imminent. Hichad en est convaincu, à l'agitation qu'il ressent à l'ONG, et à la visite de repérage des émissaires des chefs. Par expérience, il sait que le laps de temps entre la venue des seconds et celle de leurs maîtres est minime. Une technique pour ne pas laisser la possibilité matérielle à quiconque de préparer une offensive. D'après Hichad, c'est l'affaire de trois ou quatre jours, un délai à confirmer.

Une durée brève pour affiner leur préparation et choper l'information capitale : le lieu. Hichad avait élaboré des hypothèses mais insuffisantes. Il se méfiait des suppositions en général. Il avait noté que, souvent, on suppose mal. Son enfance et son adolescence explosées avec les bombes libanaises lui avaient enseigné que les événements sont bien souvent improbables, qu'il arrive précisément ce à quoi l'on n'avait pas pensé. Son père, chirurgien à l'hôpital Rizk de Beyrouth, n'avait a priori aucune raison d'être assassiné. Chrétien maronite, il évitait de prendre parti, la seule opinion qu'il se permettait d'avoir en tant que médecin était la vie. Il n'avait tué personne, en revanche, il avait sauvé quelques vies. Un homme de bien, souriant, intelligent et sage, loin de toute pulsion belliqueuse, pacifique.

Pourtant, il avait été abattu d'une débauche de balles par des chiites Amal devant sa femme, sa fille de treize ans, et son fils, Hichad, cinq ans. Le cauchemar du petit garçon n'avait pas quitté l'homme qui réparait comme il pouvait ses cassures. La violence arbitraire, compliquée, où chacun trouve dans l'autre l'occasion d'un ennemi, l'avait profondément marqué. Il avait trouvé dans la DGSE une clarté, paradoxalement, de la cause qu'il défendait. Ensuite, chez les Delta, on lui avait accordé le pouvoir de combattre ceux qui prônaient la terreur et le sang.

La Cellule était sa maison comme le Service Action – « la boîte », comme les autres agents l'appelaient – l'avait été précédemment. Ses frères Delta étaient la seule humanité qui restait à Hichad pour survivre. Il avait perdu toute sa famille. Sa mère, qui avait émigré en France, était décédée d'un cancer et sa sœur, elle, avait pété les plombs, s'était maquée avec un consommateur de crack qui l'avait fait plonger. Elle avait fini poignardée sur les bords du bassin de la Villette.

Alors, les surprises de la vie, Hichad faisait tout pour y échapper. S'il était capable dans l'action d'une témérité presque suicidaire, il contrôlait le plus possible en amont. Des Delta, il était, avec Vincent, le plus « chaud », le plus dur sur le terrain, le plus énervé. Il lui arrivait d'être pris d'une fureur sanguinaire et de se comporter en boucher. Quand une mission exigeait les services d'un tueur industriel, c'est Hichad qui était appelé. Il se régalait des futurs carnages. Les méchants, dans son esprit marqué par le conflit, devaient tous mourir. Quitte à prendre part à ce jeu cruel qu'est la vie, autant se mettre du côté où on s'amuse et on gagne. Son film préféré, c'était *Voyage au bout de l'enfer* de Michael Cimino, sorti l'année de l'assassinat de son père, et en particulier la scène dans laquelle John Savage se met un pistolet sur la tempe, dans une cruelle roulette russe.

Accro au poker, et même à n'importe quel jeu, il les pratique tous, des échecs au black-jack. Presque chaque jour, il fait quelques parties de backgammon avec un vieux Libyen rencontré dans le café à l'angle de sa rue. Les gars comme lui qui ont vu des bouts d'histoire se dérouler dans leur pays sont toujours utiles à fréquenter. Ils sont de bons thermomètres, ils se livrent parce qu'ils ne craignent, à leur âge, plus rien. Arsane, le chibani toujours de blanc vêtu, raconte à Hichad comment le CNT a été infiltré progressivement et comment les leaders des origines ont disparu comme par enchantement. Le Conseil, dit-il, est « pourri de l'intérieur », il est devenu « toxique ». Arsane s'inquiète. Sa Libye s'est sortie des griffes d'un tyran, ce n'est pas pour échouer dans celles d'hommes de peu de foi, une engeance pire encore.

— Tu sais, ils sont charismatiques, les barbus, ils te séduisent, te donnent la force et les moyens au moment où tu en as le plus besoin. Tu résisterais à ça, toi ?

— Je ne sais pas, moi, tu sais tout ça j'y comprends pas grand-chose. Mon truc, ce n'est pas la politique, c'est l'informatique. J'essaie d'aider en faisant venir des denrées…

— C'est bien, c'est bien. Mais ça ne changera rien… Les gens ici auront toujours faim ou ils auront le ventre plein mais les mains liées. La liberté ou le couvert… Tu choisis quoi ?

— Le couvert, certainement…

— Oui, comme tout le monde. Ils ne partiront pas tout de suite, ils sont en train de prendre le pouvoir. Pourquoi ? Je ne sais pas. Ici, nous sommes croyants, nous respectons les enseignements du Coran, nous sommes de bons musulmans… Tu es musulman, toi ?

— Bien sûr.

Mai 2011

Depuis longtemps, il avait été formé aux préceptes de la religion et tenait son rôle de musulman sans problème. Pour passer inaperçu à la mosquée, Hichad était l'agent idéal.

Libération ?
mai 2011, Benghazi, Libye

Annie avait profité de leur passage par le bureau du CNT pour solliciter des entretiens avec des responsables. À l'homme qui accueillait les médias, elle avait fait des clins d'œil et justifié sa demande en chantant les louanges de la liberté dont ils étaient l'incarnation. Un chouïa trop lyrique, selon Aymard. Bien que les femmes ne soient pas en position enviable dans le pays, le charme d'Annie agissait malgré tout. Elle était blanche, c'était différent. Toutes des putes. Ce jeune étudiant libyen était habitué à voir des Occidentales rappliquer bras nus avec des caméras et des micros.

Ils avaient vu, sortant d'un bureau, non pas le boss du CNT, Assan Azid, mais son cousin éloigné, communiquant talentueux et chargé des relations avec les révolutions des pays voisins. Avant de quitter Cercottes, Annie et Aymard avaient consulté et appris par cœur les dossiers. Ils avaient retenu les visages, les noms, les dates… Pour certains d'entre ces mecs que la DGSE avait à l'œil, les fiches étaient particulièrement bien renseignées. Pour certains, ils détenaient des informations personnelles, des leviers.

En remarquant Salem, Aymard et Annie décident d'en activer la surveillance. Ils doivent connaître son adresse, sa maison, sa famille. Toucher du doigt sa vulnérabilité. C'est Aymard qui se collera à la filature, il sera plus discret qu'elle, blanche et non voilée. Annie ira au rendez-vous avec Hichad et fera un rapport à son collègue.

Elle avait localisé précisément l'immeuble où son frère Delta nichait. Maintenant, elle traversait la ville à pied au milieu d'un peuple survolté, de mecs armés d'AK-47 comme si c'était normal, de queues devant des épiceries pauvres, de voitures déglinguées qui filent en klaxonnant, de bras qui se tendent avec des drapeaux vert, rouge et noir. Benghazi fébrile, qui se défend contre les derniers ennemis. Hichad a bien su se planquer. La rue de l'appartement, minuscule, est introuvable. Après dix minutes d'hésitation, Annie pénètre le vieil immeuble. En montant l'escalier, après le couloir dont les céramiques bleues et anciennes craquent sous les pieds, elle songe qu'elle n'a jamais eu vraiment d'affinités avec Hichad. Trop débordant pour elle qui attend des hommes qu'ils soient réservés et posés.

Sur la porte au bois mité, trois coups, puis deux, un code convenu chez les Delta depuis longtemps. Hichad la fait entrer. Ils se font la bise, prennent des nouvelles et Annie rigole, demande à Hichad combien de parties de poker il a déjà gagnées à Benghazi.

— Alors, tu te sens bien dans ton nid ? entame Annie qui s'avance dans le salon peu meublé.

— On ne peut pas dire ça, c'est sommaire, mais pratique.

— Tu as mis où la station d'écoute ?

— Dans la salle de bains.

— Ah ?

— Oui, tu sais, ici on entend derrière les murs alors je préfère laisser couler des bains. Bon, l'eau étant limitée, forcément, ce sont des petits bains, je remplace après par une radio et de la musique.

— Je vois bien. On en est où, alors, c'est pour quand ?

— Justement, je ne sais pas, bientôt, très bientôt, mais je n'ai aucune preuve, juste un faisceau d'indices...

Hichad a raconté les conversations de la salle de réunion, a montré les photos, les a sous-titrées. Il a décrit l'évolution de l'ambiance dans Benghazi depuis qu'il a atterri et confié ses intuitions. Enfin, il a évoqué sa rencontre providentielle avec l'unijambiste Ariuc et des stocks d'armes qui se baladent tranquillement dans la ville et parviennent à des mecs peu recommandables. Son plan d'action est simple : il va pirater les codes Wifi des types du CNT qui traînent à l'ONG. En interceptant des messages, il saura quand et où l'opération aura lieu. Avec une moitié de perversité, une autre de professionnalisme, Annie a posé la question : « Et sinon ? Si tes écoutes et l'espionnage de leur correspondance ne donnent rien ? On fait quoi ? »

Après un court temps de réflexion, Hichad a répondu : « On avisera. D'ici là, faisons comme nous en avons l'habitude. Prenons du renseignement, des entrées. Nous avons très peu de temps, et de ça, je suis quasi sûr. Il faut se bouger très très vite. » Annie, en parlant de rencontre opportune, a évoqué Abdelakim

Salem, le cousin du chef, impliqué dans toutes les décisions du CNT, influent et discret. C'est lui qu'Aymard suit en ce moment même. Elle est entrée un peu dans les détails sur le bonhomme : son parcours et surtout sa famille… Les yeux d'Hichad se sont mis à briller sans qu'Annie, occupée par son débriefing, le remarque. Il a une idée en tête…

Aymard, de son côté, faisait le tour de la ville en voiture, derrière Abdelakim. De temps à autre, la BMW grise s'arrêtait. Un type, côté passager, descendait, entrait dans une épicerie et en sortait cinq minutes plus tard avec des paquets qu'il mettait dans le coffre. L'opération s'était reproduite au moins cinq fois et le Delta commençait sérieusement à s'impatienter. Le plan emplettes n'en finissait pas.

Après une heure de balade, dans une large avenue bordant le parc, la voiture tourne à droite et le portail métallique d'une grande maison de plain-pied s'ouvre une minute pour la laisser passer. Il fait demi-tour plus loin et s'en va en mémorisant l'adresse.

Cryptage
mai 2011, Benghazi, Libye

L'objet n'a rien d'extraordinaire. C'est un téléphone, un Nokia, tactile, avec un clavier. Mais la Salle 12 l'a agrémenté d'un logiciel spécialement utile. Il capte les connexions Wifi qui l'environnent et en casse les codes. À partir de là, il devient un jeu d'enfant de s'immiscer dans les données entrantes et sortantes, les mails, les conversations sur Skype ou Facebook. Toute communication devient lisible. Hichad se réjouit à l'idée de se servir de ce joujou qu'il n'a pas encore expérimenté. C'est Aymard qui lui a fait passer l'info. Ce matin, un contact de l'ambassade lui a transmis ce qu'ils avaient demandé : l'adresse du chef de la Katiba du 17 février, Ismaël Al-Marfa, proche des terroristes planqué sous son habit de « musulman conservateur » et de héros, surtout. Depuis le début des événements libyens, l'Ambassade le surveille de loin, l'estimant suspect à cause de ses mauvaises fréquentations. Il a la réputation d'être furtif, d'être vu partout et nulle part, d'être fuyant. Avec un peu de paranoïa quand même. Il prend des précautions en permanence, change ses horaires, ses trajets, ne dit rien au téléphone, et s'entoure d'une armée de types pour le protéger. Les barbelés tout autour de sa baraque en disent long sur lui. Il est du genre à embaucher un goûteur, pense en souriant Hichad qui s'est garé le plus loin possible pour ne pas attirer l'attention du mec qui fait des rondes sur le trottoir devant.

Avec lui, il a la petite merveille et un ordinateur portable de poche avec lequel aspirer les secrets d'Ismaël. À moins que leur Wifi soit éteint et que ce dernier pousse le vice jusqu'à se défendre de toute intrusion informatique, Hichad devrait pouvoir entrer par effraction chez lui sans difficulté majeure. Il lui faudra se magner, quoi qu'il en soit, ne pas rester immobile dans une voiture plus de dix minutes. Surtout en face de chez un Al-Marfa.

Hichad a posé un journal sur le volant pour se donner un alibi et il a repéré une école de danse. Le téléphone magique allumé, il le voit chercher les réseaux autour et les afficher un par un en les localisant. Bingo. Le dernier est le bon, il s'appelle marfa02, ce qui amuse l'agent. Même pas foutu de masquer son nom, ce con de barbu. Sur le mini-clavier de l'ordinateur, les doigts d'Hichad s'agitent pour se faufiler dans l'ordinateur d'Al-Marfa, sa boîte mail en particulier. Ailleurs, il le soupçonne de n'avoir laissé aucune trace. En tout cas, pas dans un ordinateur connecté, dans un autre probablement…

Le Delta ne peut se permettre de regarder sur place la correspondance d'Ismaël. D'autant qu'il faut, pour pouvoir la lire, la décrypter d'abord. Alors il emprunte la totalité des mails et récupère trois conversations sur Skype. Il se déconnecte dès qu'il peut, rabat l'écran de son ordi, éteint le téléphone et décampe.

La pêche d'Aymard se révèle, elle, beaucoup moins miraculeuse. Il vient de passer trois heures devant le domicile de Salem et il ne s'est rien passé. Personne n'entre ou sort. Il n'a été distrait que par le passage d'Annie avec un généreux kebab. Sa mission à elle n'est pas tellement plus marrante. Elle doit leur trouver une maison abandonnée en dehors de la ville, en retrait, pour réceptionner le reste de la troupe, Vincent et Henry, dans trois jours. Un genre de maison sûre pour préparer ensemble, en toute sérénité, l'opération. Avec, à proximité, une zone de posé...

Ils ont rendez-vous à l'appartement d'Hichad à l'heure du déjeuner pour avoir le temps de se pencher sur les données saisies chez Al-Marfa. Hichad, lui, doit honorer son ami de l'hôpital et suivre son dossier armement.

Les trois Delta sont assis sur les chaises inconfortables de la garçonnière et font un point sur les investigations de la matinée. Hichad pose des questions sur le dispositif de sécurité de la maison de Salem, ce qui surprend Aymard.

— Dis-moi, l'ami, pourquoi tu t'intéresses comme ça à qui garde la baraque à Salem ?

— Comme ça, au cas où...

— Au cas où quoi ?

— Où il nous échapperait le jour J...

— Ben ouais, mais dans ce cas-là, il faut le prévoir pour tous les gus dont on sait qu'ils seront là-bas. De toute façon, il n'est pas prévu qu'on se rate. Et si on se rate, on s'arrache.

— Et tu les laisses s'organiser pour nous niquer en beauté ?

— C'est pas moi, c'est comme ça, c'est les ordres. Fais pas le con, tu sais très bien que c'est comme ça que ça se passe. On s'organise justement pour pas que ça foire, à partir de là, on se débrouille jusqu'au bout pour atteindre l'objectif, mais si ça part vraiment en sucette, on se tire, point barre.

— OK.

— Ton gars, là, l'unijambiste, il te connecte à l'hosto ?

— Oui, et après on bouge.

— Et si c'est un mauvais plan, un traquenard ?

— Je ferai en sorte de le sentir.

— Tu veux pas Annie en renfort à distance ?

— Si, si, c'est mieux, si ça tourne au vinaigre.

Hichad vient de déposer une cartouche de cigarettes sur le lit d'Ariuc. L'amputé a mauvaise mine, il ne semble pas en forme. Il explique d'entrée qu'il est triste parce que sa femme a disparu. Depuis deux jours, elle ne s'est pas montrée alors qu'elle venait lui rendre visite quotidiennement. Il ne comprend pas. Et comme il est immobilisé, il ne peut rien faire. À peine a-t-il achevé sa phrase qu'il éclate en sanglots. Pas question de le brusquer, alors Hichad commence par le plaindre longuement avant d'oser poser la question. Son ami va-t-il venir ? L'autre se redresse d'un coup et déclare qu'aucune femme ne peut lui faire oublier le business. Une affaire perdue, dit-il, est bien plus dramatique qu'une femme perdue. Rengorgé par ses bons mots, Ariuc assure à Hichad que dans moins d'un quart d'heure son ami sera là, en chair et en os.

Assis sur le rebord du lit, Hichad discute avec le Libyen alité quand il distingue au bout du couloir une silhouette féminine qui lui est, il en est convaincu, familière. Concentré sur son amitié intéressée avec Ariuc, il a oublié Dina. C'est elle qui parle à un malade de l'autre côté de la salle. C'est elle qui va, de patient en patient, arriver jusqu'à eux. Alors qu'Hichad se lève, Ariuc lui annonce : « Ah, bah voilà Mohamed. » L'homme vient de dépasser Dina dans la travée. L'agent s'excuse, il va aux toilettes. Ariuc lui signale qu'il part dans la mauvaise direction. Il baisse la tête pour que sa casquette dissimule au mieux son visage et marche prestement vers l'autre sortie.

Il erre le plus longtemps possible dans les étages supérieurs de l'hôpital. Et décide de se débarrasser de Dina en la faisant demander à l'accueil. L'appel passé dans le micro, Hichad rejoint tranquillement le dortoir d'Ariuc. Son invité a la gueule de l'emploi. Patibulaire, la peau grêlée et les dents pourries, il inspire tout sauf la confiance. Il fait comprendre qu'ils parleront de ce qui les amène dehors. Avec un mouvement de tête, il montre les lits alentours. « Cette ville est peuplée d'oreilles », affirme Mohamed. La phrase d'une grande profondeur fait dire à Hichad que les négociations risquent de ne pas être tristes. Ariuc, pour bien souligner son importance dans la transaction, leur dit : « Pour moi, on s'arrangera après, en fonction du deal, hein ? » Les deux acquiescent. Les deux, sans y croire une seconde.

L'Arsenal
mai 2011, Benghazi, Libye

Annie finit par s'inquiéter. Les cheveux couverts, des lunettes de soleil, un pantalon beige et une tunique assortie, avec dans son sac une caméra pour le cas où il lui faudrait prétexter quelque chose, Annie attend dans une voiture de location qu'Hichad passe et il aurait dû passer depuis au moins une bonne vingtaine de minutes. Ce n'est pas normal. Et comme tous les Delta, elle déteste les imprévus. Alors qu'elle est sur le point de mettre un pied dans l'hôpital pour se rendre compte de la situation, elle voit enfin son camarade sortir, accompagné d'un type très vilain avec un turban rouge sur la tête et une djellaba crasseuse. Quelques mètres plus loin, ils montent dans une bagnole aussi abîmée que son propriétaire. Elle démarre et se dirige vers l'ouest, vers la mer.

Durant le trajet, Hichad essaie d'en savoir plus sur l'endroit où ils vont et sur ce que le vendeur peut lui proposer. Mais il n'obtient aucune réponse. À chaque fois, l'autre botte en touche. Et, à son tour, interroge : Pourquoi veut-il des armes ? Pour qui ? Hichad se contente d'un : « C'est pour une bonne cause. » À la question « Que voulez-vous exactement ? » : Hichad préfère rester vague, il dit : « Un peu de tout. »

Derrière eux, Annie envoie un message codé à Aymard pour lui donner leur position. Sur son téléphone, elle jette un coup d'œil à la zone vers laquelle ils se dirigent vraisemblablement. Des hangars à bateaux et des baraques de pêcheurs. En effet, des endroits propices pour cacher du matériel de contrebande, pratiques pour stocker et pour exporter rapidement par voie maritime.

Un grand parking neuf borde l'alignement de hangars. C'est là que Mohamed s'est arrêté. Accrochée sur son mollet droit, l'arme d'Hichad se tient prête. L'odeur prend à la gorge. Ici sont conservées dans des bacs de glace toutes sortes de poissons. Le sol, gluant, menace à chaque pas de vous faire tomber et l'obscurité demande un certain effort d'adaptation quand on vient de l'extérieur et d'une luminosité très blanche. L'endroit déplaît à Hichad. Au fond, deux formes qui bougent, des mecs, armés jusqu'aux dents, avec des turbans aussi. Un coin entier du hangar est occupé par des caisses. Celles qui apparaissent sont en polystyrène.

Mohamed introduit Hichad, il le situe, mentionne leur camarade mutilé à l'hôpital et la nationalité libanaise du client. Les deux hommes bougent la tête pour dire bonjour mais ne décrochent pas un mot. Un long silence qu'Hichad se garde bien de briser s'ensuit. Finalement, ils demandent, comme Mohamed avant eux :

— Tu veux quoi ?

— Vous avez quoi ?

— Ça dépend.

— Je veux dire, vous avez beaucoup de marchandise.

— Ça dépend.

— En nombre, vous avez de quoi équiper un homme ou une petite armée ?

— Toi, tu es un homme ou une petite armée ?

— J'ai pas envie de te répondre, j'ai pas envie d'être frustré.

— Décide-toi, nous on est pressés, tu vois. Des clients, on n'en manque pas.

— Disons que j'ai une petite armée…

— Pas sûr d'avoir de quoi te satisfaire.

— Pourquoi tu m'as posé la question, alors ?

— Par curiosité.

— Tu veux dire que tu te fous de ma gueule.

Ne pas se montrer faible, petit-bras, être comme eux, orgueilleux. Simuler la susceptibilité. Mohamed se trémousse, gêné, il essaie d'intervenir. L'autre se justifie.

— Une grosse commande avec un client important. Il ne va pas me rester grand-chose. Quelques pièces.

— Quoi ? Tu as quoi ?

— Un peu de tout, des AK-47, des pistolets browning, des FAL-762…

— Il te reste de tout ?

— Ça ne te regarde pas, ça. Contente-toi de ce qu'il me reste.

— Pourquoi tu t'énerves quand je te demande ce que j'ai raté ? C'est moi qui devrais m'énerver.

Hichad sait maintenant qu'il n'arrivera à rien avec ces types par le dialogue. Il va falloir se montrer plus persuasif. Finalement, ils ne sont que trois et les armes se trouvent peut-être tout simplement derrière les colonnes de poissons. Il réfléchit rapidement, il peut en buter deux mais il faut en garder un vivant pour qu'il lui révèle le nom du « client important » qui préempte les stocks. Avant de déclencher une action, il tente :

— Je peux voir le matériel ?

— Non, puisqu'on n'a rien décidé. Tu n'as pas dit ce que tu voulais. Eh, mec, on n'est pas au supermarché ici, ce n'est pas tu te pointes, tu regardes, tu discutes, tu nous les brises et après tu t'en vas. C'est moi le boss ici, tu comprends, c'est moi qui te dis comment ça se passe entre nous, OK ?

Entre-temps, Annie s'est glissée dans l'entrepôt. Elle reste derrière la première montagne de cagettes. De là où elle se situe, elle n'entend pas la conversation ni ne sent l'énervement qui pointe de chaque côté. Elle aperçoit Mohamed qui s'agite et deux turbans qui font face à Hichad dont elle voit le dos.

Celui-ci se doute qu'Annie est dans les parages. Elle est censée le suivre comme son ombre et intervenir si besoin. C'est aussi pour ça qu'il fait durer l'échange, pour lui laisser le temps de le rejoindre. Décidément, ces connards l'horripilent. Il ne peut pas se permettre d'enchaîner les rencards avec eux pour obtenir péniblement des infos. Il faut agir. Maintenant.

Il fait mine de se baisser pour renouer ses lacets et attrape son glock équipé d'un réducteur de sons. En se relevant, il tire deux fois, sur Mohamed et sur le plus mutique de ses deux interlocuteurs. Annie bondit de derrière les caisses, court, voit deux hommes par terre, Hichad debout, l'arme pointée sur le troisième. Elle braque, elle aussi, son arme sur lui.

— Qu'est-ce que tu foutais, Hichad ?

— On n'a pas le temps, faut que cet enfoiré les lâche, ses renseignements.

Le vendeur ne fait plus le malin. Il transpire abondamment et tremble des bras. Hichad désigne à Annie le polystyrène. « Regarde si le trésor est là. » L'agent fait s'asseoir le lascar. Et lui parle. Simplement. Il lui explique qu'il vaudrait mieux pour lui qu'il soit bavard parce que, lui, Hichad est un garçon pressé qui, comme il vient tout juste de le démontrer, a la gâchette facile. Alors que s'il obtient les réponses qu'il veut, il a tendance à se calmer. Le type ouvre de grands yeux apeurés mais tourne la tête comme pour dire « non ». Hichad prend un pied-de-biche posé contre le mur et le met sous son nez.

— Tu vois, si tu ne me dis pas qui t'achète le stock et ce qu'il y avait qu'il n'y a plus, et où est ce putain de stock, le tout dans deux minutes, tu n'auras plus de pieds. Je ne peux pas être plus clair.

Malgré la vision du pied-de-biche et les paroles terrifiantes d'Hichad, l'autre continue de manifester une négation. Le Delta est à bout de nerfs. Au milieu des caisses poisseuses, écœurée par l'infecte odeur de poisson, Annie s'attend à entendre crier. Un hurlement, en effet, ne tarde pas. Une flaque de sang entoure des orteils en bouillie. Le type pleure toutes les larmes de son corps et fait signe de la main d'arrêter. Tout en crachant, il dit : « Al-Marfa, les frères… mon client. » Hichad félicite l'homme mais lui rappelle qu'il n'a pas encore fait l'inventaire de l'arsenal ni indiqué où il se trouve. Alors qu'il a avoué le plus risqué pour lui, il se refuse à continuer sa confession. Hichad regarde le pied encore intact et soupire.

— Tu ne tiens pas à tes pieds, c'est bizarre ça. Tant pis alors.

Tandis que l'agent lève le pied-de-biche en visant le pied, le Libyen lève la main et, dans un souffle douloureux, murmure :

— Des missiles, des SA-7…

— Combien ? Combien de missiles ? Parle !

— Quinze mille.

— OK, maintenant, dis-moi où tu planques ton matériel. Vite !

Pourtant Hichad espérait qu'il continue sur sa lancée, imaginait qu'il avait compris la leçon, que ses orteils écrabouillés le dissuaderaient de se taire à nouveau. Mais non. Forcément, le pied-de-biche siffle dans l'air. Un autre hurlement. Et un silence désespérant. Visiblement, l'homme est prêt à mourir pour un stock d'armes. Annie n'a rien trouvé. Selon elle, il était peu probable qu'ils emmènent Hichad, dès le premier rendez-vous, au but. À moins d'être stupides, ce qu'ils ne sont pas, les Delta l'ont éprouvé. Ça ne sert à rien de rester plus longtemps. En plus, les hurlements, avant d'être étouffés par le tee-shirt d'Hichad, ont peut-être éveillé l'intérêt autour. Inutile de laisser le bonhomme aux pieds plats vivant. Il pourrait les reconnaître, les dénoncer et les foutre dans la merde. Deux balles dans la tête sont la punition infligée au silence. Les deux Delta évacuent l'entrepôt rapidement, laissant derrière eux trois morts.

Insomnie
mai 2011, Benghazi, Libye

Dans leur chambre de l'hôtel Tibesti, Aymard trépigne en attendant Annie. Il est impatient de lui confier le fruit de son décryptage de l'après-midi et de la voir rentrer d'une mission pas bordée et initiée par ce barjot d'Hichad, un peu trop imprévisible à son goût. La journée aura été productive en tout cas. Enfin, ils sont fixés. Dans les mails d'Al-Marfa, il a trouvé une correspondance avec son frère au Qatar. Ils échangent sur la réunion programmée et Ismaël demande à son frère d'être présent à Benghazi… ce vendredi. Il se fait plus précis sur l'horaire par un détour : il évoque le prêche d'un imam allié, Abdel Ghani Abou Ghrass, et insiste sur ce qui suivra, une « rencontre cordiale », note-t-il. Trois jours seulement pour mettre en place l'opération. Difficile, pas impossible. Les Delta sont rompus à la préparation éclair d'opérations. Quand le cours des événements s'accélère, ils s'adaptent.

Annie vient de s'engouffrer dans la chambre et de se jeter sur le lit. Son voile a glissé autour de son cou et le tissu de sa tunique est déchiré sur l'épaule gauche. Surtout, elle pue. Le poisson. Aymard explose de rire en la voyant démantibulée et sale.

— Tu viens d'où comme ça ?

— D'un hangar à poissons.

— Tu t'es jetée dedans par amour ?

— Non, je hais les poissons. Quand j'étais petite, ma mère m'en achetait, moi je les dézinguais dès qu'elle avait le dos tourné. Je foutais de l'eau de javel.

— Ça ne m'étonne pas de toi. Sans déconner, qu'est-ce qui s'est passé ?

Elle raconte comment Hichad a perdu son calme. Une brochette de cadavres, ce n'est pas du boulot propre. Il n'est pas censé les exterminer mais leur soutirer des infos. Annie lui accorde que les mecs n'auraient jamais parlé sans l'aide musclée de son collègue. Aymard, lui, est d'avis qu'il vaut mieux laisser tomber que de foutre le bordel comme ça dans la ville au risque de se faire remarquer et de mettre en péril l'opération.

Aymard préfère la méthode douce. Les chargeurs qui se vident, les cadavres qui s'entassent comme des mouches, il trouve ça presque grotesque. Trop cinématographique pour être vrai. D'après lui, il y a toujours un moyen de s'en sortir sans flinguer à tout va. La torture, les orteils broyés, il comprend. Ils sont en guerre après tout.

Quand la seule manière d'épargner des vies est de s'acharner sur l'ennemi, alors... Ils ont tous appris à l'armée que le devoir passe avant toute chose, y compris, parfois, l'humanité. Alors, quand il le faut, ils agissent comme des monstres, sans cœur et sans pitié et puis, ils tentent de ne plus s'en souvenir mais de se rappeler les victoires. Lui aussi, il a dû torturer et ne blâme pas Hichad de l'avoir fait. D'autant que les résultats sont là.

— Des SA-7, tu dis ?

— Oui ! D'après nos renseignements, il y en a quinze mille dans la nature.

— Ça craint, ils sont à très courte portée, ils peuvent abattre des cibles à trois kilomètres en volant à moins de 1 000 km/h et à 750 m d'altitude maximum.

— Je sais tout ça.

— Ils sont dans les mains de ces tarés d'islamistes. À moins que nos tués du jour ne les aient pas encore livrés et soient les seuls à savoir où ils se trouvent. Trop de probabilités. J'aimerais y croire, mais…

Ils avaient fait passer le mot à Orléans. Vincent devait savoir, ainsi que Cyprien. La donne avait changé. En face, ils étaient potentiellement en possession d'armes redoutables qui menaçaient l'Europe, l'Hexagone en particulier. Il était urgent de transmettre l'information en France selon un processus de cryptage maison. C'est Hichad qui s'était occupé de la manip, comme le voulait la tradition à chaque fois qu'il s'agissait du domaine informatique. Avant de prendre son avion pour la Libye, il avait créé des BLM, ou Boîtes aux Lettres Morte, pour lui et les autres Delta. Deux par personne, une principale et une de secours. Ces adresses mail sont mortes, en effet, jusqu'à ce qu'on en active une. Arrivés en Libye, les trois ont réveillé leur boîte aux lettres pour envoyer et recevoir des messages à Orléans.

Dans leur ordinateur, ils disposent d'un logiciel de cryptage, très sophistiqué et cher, qu'ils ouvrent quand leur connexion Internet est coupée. Ils y déposent un message qui se code automatiquement et qu'ils récupèrent pour le balancer via le Web. Ils veillent à bien fermer la pièce virtuelle dans laquelle ils ont procédé au cryptage avant de rouvrir les canaux. Hichad avait parlé des missiles, de leur genre et de leur nombre.

Reconnaissance
mai 2011, Benghazi, Libye

Après une longue douche, Annie avait proposé à Aymard de prendre un verre au bar de l'hôtel, histoire de travailler un peu leur sociabilité de journalistes, leur prétexte en fait. Ils s'étaient mis d'accord au préalable sur leurs activités officielles de la journée.

Envahi par des grappes d'étrangers, le salon bourdonnait. En se frayant un chemin pour commander une bière sans alcool, Aymard remarque sur sa gauche Mouna, magnifique dans une robe beige couvrante. De profil, elle tourne lentement la tête et, à son tour, voit l'homme qui a, la veille, attiré son attention. Le duo de Français s'installe sur des tabourets hauts. La journaliste algérienne, elle, les fixe.

Elle est intriguée par ce type, grand et beau, qu'elle a déjà vu. Il dégage quelque chose de négatif, il n'est pas net. Elle veut savoir qui il est. Elle mettra la main sur le renseignement par l'ami qu'elle s'est fait parmi les rangs de serveurs, Rachid.

Aymard et Annie font semblant de parler boulot, d'être Julie et Miguel. En fait, ils pensent à tout autre chose. Aux SA-7, à vendredi, aux marchands d'armes abattus par Hichad, et au lieu de l'opération qui manque toujours. Quand il peut, Aymard regarde subrepticement Mouna qui discute avec un photographe anglais qu'il connaît. Cette fille… le GIA… l'Algérie… après la mort de Zitouni…

*

Ça s'était calmé. Les confrères ou frères ennemis de Zitouni avaient pris note. Ils évitaient d'être, à leur tour, victimes d'une embuscade, et se montraient moins virulents. Les Delta les gardaient sous surveillance mais intervenaient moins. Ils gardaient leurs flingues rangés mais leurs oreilles sorties. Des alertes avaient déclenché des opérations ponctuelles et la Cellule avait senti des mouvements sans parvenir à les interpréter.

Et puis le monde avait basculé. Les tours du World Trade Center avaient été attaquées et la guerre avait repris de plus belle. La CIA avait fait comprendre aux services secrets « amis », dont les français, qu'elle apprécierait grandement un effort de solidarité. Ce qu'on pouvait traduire en langage clair : se montrer impitoyable et éliminer tout individu suspecté d'œuvrer dans l'ombre contre les puissances occidentales.

En ébullition, la Cellule Delta avait multiplié les opérations dites « homo » pour « homicide ». Ils dézinguaient des islamistes en pagaille. Aymard, que le goût des attentats dans les années quatre-vingt-dix n'avait jamais quitté, s'était porté volontaire. En fait, tous les Delta l'étaient. Il faut reconnaître qu'ils se montraient très motivés quand il s'agissait de venger des actes terroristes et d'exploser des types dont ils considéraient qu'ils ne méritaient pas de vivre compte tenu de ce qu'ils avaient fait ou prévoyaient de faire. Dans ces cas-là, ils étaient colère. Et puis, oui, Aymard se l'avouait, ils avaient été dressés pour être des tueurs, ce n'était pas pour rien.

On l'avait envoyé en couple avec Annie faire du tourisme en Italie. Cette fois, pour mieux passer l'arme de poing qu'ils destinaient au meurtre d'un terroriste désigné par Cyprien, ils se baladaient à bord d'un camping-car modifié par les services techniques. La destination finale pour eux comme pour leur cible était Rome. Ils avaient garé leur engin à proximité de la porte du vieil immeuble où logeait Abou Abdallah et l'avaient attendu. Il avait montré le bout de son nez. Ils l'avaient facilement identifié malgré la légère chirurgie faciale qu'il avait subie pour passer incognito. Ensuite, ils l'avaient surveillé pour affiner leur projet d'assassinat. Ils avaient noté qu'il sortait tous les matins pour acheter sa bouteille de lait frais à l'épicerie du coin de la rue. Ils savaient donc quand et comment ils l'élimineraient. Aucun digicode ne leur barrait l'entrée de l'immeuble.

Alors un matin, ils l'avaient guetté, de retour du magasin, sa bouteille de lait sous le bras, guilleret. Annie et Aymard, bras dessus, bras dessous, heureux comme un couple en lune de miel, étaient descendus du camping-car et entrés derrière lui dans le hall de l'édifice. Il avait appuyé sur le bouton de l'ascenseur. Derrière lui, Annie avait dit son nom. Il ne s'était pas retourné. Elle l'avait répété un ton au-dessus. D'un coup, il lui avait fait face. Avec son glock silencieux, elle avait fait feu, par trois fois. Deux dans le buffet, une dans la tête. Trois balles, comme toujours pour une cible à éliminer : deux pour tuer, l'autre pour confirmer. Arrivés au dernier étage, ils avaient évacué l'ascenseur, en avaient coincé la porte et avaient pris l'escalier de service pour quitter les lieux. Ils avaient réussi à s'extraire de l'immeuble avant que l'alerte ne soit donnée.

*

En quittant Rome, Aymard se rappelle qu'ils souriaient béatement, contents d'avoir buté un bâtard de plus, persuadés d'avoir fait avancer le combat. Il faut croire qu'ils se trompaient. Perpétuellement, il fallait recommencer, repartir à la chasse aux méchants, les attaquer avant qu'ils ne s'en chargent. Cette guerre-ci, larvée, était sans fin. Les victoires restaient provisoires. Aujourd'hui, ils ont à leur disposition entre dix mille et vingt mille SA-7, ce qui ne nécessite pas d'être très nombreux. Quelques hommes suffisent pour être extrêmement nuisible avec autant de missiles puissants. Aymard regarde les journalistes autour de lui et s'interroge sur la conscience qu'ils peuvent bien avoir du danger dont ils sont témoins ici. Là-bas, Mouna l'observe toujours.

*

Quelques minutes après, Vincent, qui avait reçu des nouvelles de Libye, avait joint Cyprien pour faire un point avec lui sur l'opération en cours et l'informer de la disparition des missiles. Cyprien décroche son téléphone pour appeler le président de la République. Les dernières précisions concernant l'arsenal détenu par les islamistes doivent lui être livrées. Et puis, Cyprien a besoin d'un accord. L'intervention est imminente. Il doit toujours en référer à son chef direct, le président. Une opération de cette ampleur ne peut se mener sans qu'il soit au courant. Il décrit pour le président silencieux à l'autre bout de la ligne les forces en présence. Puis, brisant le silence :

— Votre « intervention », c'est pour quand ?

— Après-demain. Vous devez me dire oui ou non, monsieur le président, parce que… il y aura des morts, beaucoup de morts.

— Vous êtes absolument certain que ça ne pourra jamais remonter jusqu'à moi ?

— Le risque zéro n'existe pas. Mais tout a été fait pour que ça ne remonte jamais jusqu'à vous.

*

Le mal de crâne, dû à la consommation d'une réserve personnelle de whisky, avec lequel les faux journalistes se réveillent dans leur chambre à l'odeur de moisi du Tibesti n'augure rien de bon. Un sentiment d'urgence les assaille depuis hier, depuis qu'ils savent que c'est pour vendredi.

Dans la même angoisse, Hichad se rend sur son lieu de travail, l'ONG, dans l'espoir de picorer des infos. De sa place, il voit une agitation certaine, des types entrer et sortir de la salle de réunion, converser à mi-voix. Il voudrait tellement les entendre, tout à l'heure, à l'appartement, lui dire ce qu'il a besoin de savoir. Il reste à son poste toute la matinée pour identifier les visages et mieux comprendre les enregistrements.

Une fois dans l'appartement, il s'attelle à sa séance d'écoute. Mais elle s'avère décevante. Les sujets de conversation n'ont aucun intérêt. Ils discutent des villages dans lesquels ils pensent qu'il faut diriger l'aide alimentaire. Parfois, ils s'opposent car chacun paraît défendre une zone différente. Chou blanc. Rien. Hichad sent poindre la panique. Il a prévenu les deux autres qu'il n'a rien de plus.

Assis près de la fenêtre, il fume une clope et cogite. Ils arrivent progressivement à bout de leurs sources. À moins d'un miracle maintenant, ils seront dans l'incapacité de localiser la réunion, et donc d'agir. Il faut remédier à cela. Les deux autres n'ont pas l'air de se rendre compte. Sous son balcon, des gamins jouent au foot entre des voitures calcinées et des tas de gravats. Hichad les regarde et leur ballon fait tilt.

Les enfants de Salem. Il y est attaché. Pour eux, il ferait n'importe quoi, même trahir son camp, sa famille, ses frères d'armes. C'est là qu'il faut frapper. Kidnapper un des mômes et contacter son père. Faire pression sur lui jusqu'à ce qu'il lâche et lui promettre de ne lui rendre son enfant qu'après l'échéance. Ne jamais lui rendre, donc, mais le faire exploser avec les autres. À force de questionner Aymard, il a obtenu les détails nécessaires à une intrusion dans sa maison. Il peut passer par le toit et entrer par une porte-fenêtre sans se faire voir des gardes qui, en l'absence de leur maître, sont réduits de moitié.

Hichad ne prévoit pas d'avertir les deux Delta. Ils risqueraient de l'arrêter dans son élan, de l'empêcher d'agir. Plus craintifs que lui, ils ne tenteraient pas le diable après l'épisode dans le hangar hier. Il reste lucide, même quand il prend des décisions un peu folles.

Border-line
mai 2011, Benghazi, Libye

Il a passé la nuit à mettre en place le moindre de ses gestes. Son glock sera avec lui, mais il fera tout son possible pour ne pas en faire usage. Son projet n'est pas raisonnable. L'enfant a quatre ans, si ça foire, les conséquences seront terribles à tous points de vue. Et, dans son cas, irréparables. Il serait viré manu militari. Il mesurait précisément les risques mais les contrebalançait facilement. Il pouvait bien mettre en péril sa carrière pour faciliter une opération qui restait, à la minute même, encore mal barrée.

Sur le chemin de son rendez-vous avec Dina qu'il avait finalement réussi à ne pas croiser à l'hôpital, il se convainquait qu'il faisait le bon choix, qu'il ne regretterait pas tout cela amèrement, comme jamais. Il avait fait des erreurs mais elles ne lui avaient jamais coûté aussi cher que ce que la vie lui avait fait payer arbitrairement. Il irait jusqu'au bout de ce que le destin voulait pour lui.

L'infirmière non plus n'était pas sereine. Elle s'était plainte en arrivant de la situation, la sienne et, plus généralement, celle de son pays. À l'hôpital, elle entendait trop d'histoires affreuses qui concernaient l'époque du tyran mais pas seulement. Il se passait, dans le pays libéré, encore des choses terribles. Des gens disparaissaient, comme autrefois quand Kadhafi s'amusait à les effacer. D'autres étaient assassinés, comme son patient unijambiste Ariuc, retrouvé mort, un trou dans la tête et le rideau tiré. Les temps étaient sanglants.

Hichad avait versé le thé à côté quand Dina avait parlé de la mort de l'intermédiaire. Ça voulait dire que ses ennemis avaient remonté la piste et avaient peut-être une description de lui.

Pour calmer son stress, Hichad avait baisé Dina avec une énergie inhabituelle. Elle avait laissé son amant mener la danse et joui en même temps que lui, mais elle n'avait pas pu s'empêcher de s'étonner de sa vitalité excessive. Avec une jolie moue, alors qu'il fumait, nu, encore allongé sur le lit de leurs ébats, elle avait cherché à savoir pourquoi.

— Qu'est-ce que tu as aujourd'hui ?

— Rien. Pourquoi ? Rien.

— Pourtant ce n'était pas comme d'habitude.

— Ah ?

— Oui… tu étais plus… passionné.

— Tu es particulièrement sexy aujourd'hui…

— Ah ouais, c'est tout ?

— C'est beaucoup, non ?

— Il y a autre chose, je le sens.

— Tu vois, ton mari te rend méfiante.

— Ça n'a rien à voir avec moi ou mon mari. C'est toi, là.

— Je ne suis pas un sujet.

Devant le mur qu'est Hichad, Dina se tait puis se rhabille. Il reste dans la même position et ne se lève pas pour l'embrasser. Pourtant, il n'est pas certain de la revoir. Le contraire est même assez probable. Il pourrait être reconnaissant envers cette femme grâce à laquelle il a été mis sur la piste des S-A7 et à qui il a fait l'amour sans se forcer. Mais il ne peut pas, il est comme ça, handicapé des sentiments. Il ne veut surtout pas s'émouvoir. Le moment n'est pas au romantisme, mais à l'action. Dina a joué son rôle, elle peut sortir. Elle reste de longues minutes près de la porte, dans l'attente qu'Hichad fasse un geste tendre pour compenser le ton. Mais non. Elle part et claque la porte derrière elle.

Hichad s'éjecte du lit et remet son pantalon et son tee-shirt. Il doit filer chez Salem. Il est déterminé à entrer dans la maison.

*

La révolution lui a coûté un œil mais lui a redonné le sourire. Sa famille détruite par Kadhafi est enfin vengée, même si le colonel n'est pas encore mort, et il a trouvé un job assez juteux. Il met à profit sa connaissance de la ville, des gens surtout et de l'actualité. Au courant de la moindre rumeur, rencardé sur les faits et gestes des personnages importants de la rébellion, il est un des meilleurs fixeurs de la place. Et avec l'affluence de médias internationaux, il est très occupé et bien payé. Il n'a jamais aussi bien gagné sa vie et il regrette d'autant que les magasins soient vides. Hamed attend les deux journalistes français dans le hall de l'hôtel devant les rideaux à carreaux orange. Ils l'ont chopé la veille, par le biais d'un autre Français, un grand type un peu louche, photographe de guerre.

Aymard et Annie ont un reportage à faire pour France I et une info déterminante à récupérer. Il leur faudrait aussi une validation du jour. La source unique, même béton, ne suffit pas. Ce Hamed serait, leur a-t-on dit, une mine. Il les questionne sur ce qu'ils veulent. Et leur réponse ne l'arrange pas, en fait. Les types du CNT, il les connaît bien sûr. Il était de leur côté. Mais ça, c'était hier. Il les voit faire, il les entend, il observe leurs fréquentations. Il n'aime pas ça. Comme il sert d'intermédiaire avec les journalistes, il a été manipulé. Ils lui ont fait passer de faux discours, de fausses infos, pour se revêtir d'un habit noble qui inspire la confiance. Ils continuent de penser que Hamed est dupe et ne se méfient pas de lui.

Lui, il les craint trop pour confier sa défiance aux Français. D'accord, il les emmènera voir deux trois personnalités du nouveau pouvoir libyen pour qu'ils puissent prendre leurs sonores. Il servira de traducteur ainsi qu'ils l'ont demandé. Il se met d'accord avec le couple sur ses émoluments et leur annonce gaiement qu'ils sont chanceux car, là, ça devrait être facile et rapide de leur caler des rendez-vous. Quand Miguel lui demande pourquoi, il répond : « Ils sont tous là, y compris ceux qui normalement sont à Tripoli ou ailleurs dans le pays. Pourtant aucune réunion de chefs n'a été officiellement annoncée. » Hamed file arranger les rendez-vous pour les interviews.

En attendant, les journalistes préparent leur matériel, les glocks, d'abord, puis les caméras, les micros HF, l'éclairage. Ils feront des plans de coupe dans la voiture tout à l'heure quand le fixeur les emmènera. Ils auront largement de quoi monter un sujet de trois minutes pour le JT. Ils pourraient faire plus, prendre de l'avance, faire des stocks d'images, mais ils ont d'autres chats à fouetter et, d'autre part, n'ont plus besoin de faire du zèle. On les sait sérieux, ils ont toujours donné satisfaction, rapporté de bons reportages bien documentés, bien filmés. Là, pour les Delta, ça brûle. Ils sont en zone rouge. Une opération imminente et toujours rien sur le lieu. La phase repérage sera trop courte, elle se rétrécit à chaque minute.

Une heure après, Hamed est déjà de retour. Pour commencer, il leur a décroché un rendez-vous avec Abdelakim Salem, le roi de la communication et des explications limpides. L'entrevue doit se passer dans un hammam à six kilomètres au sud. Il faut partir sans perdre de temps.

Monnaie d'échange
mai 2011, Benghazi, Libye

Sans jamais avertir quiconque, ni à Benghazi, encore moins à Cercottes ou à Paris, Hichad a démarré son opération solo. Il a sur lui de quoi endormir le gamin et le transporter ensuite le plus discrètement possible. Une arme à feu, une arme blanche et sa volonté puissante sont ses atouts. Par contre, il est seul sur ce coup. En cas de problème, il se débrouillera sans aide. En principe, en tant qu'agent, il a appris l'indépendance maximum. Il sait faire.

Aux abords de la maison, il note un calme qui l'incite à plus de précautions encore. L'abondance de types armés devant la porte signale que le maître des lieux est présent, qu'il faut attendre pour bouger. Hichad reste dans sa voiture stationnée à cinquante mètres. Quand quelqu'un passe à son niveau, il fait comme s'il téléphonait. Vingt minutes défilent sans signe de vie dans la maison.

Enfin, le portail laisse sortir une berline noire aux vitres non teintées puis une autre, presque identique. Hichad n'a aucun doute sur le fait que Salem se trouve dans l'une des deux bagnoles. Dedans, ils sont tous bruns, moustachus ou barbus. Abdelakim serait l'un de ceux avec une moustache. En tout cas, ils débarrassent Hichad de sa principale difficulté.

Quelques minutes encore sans bouger. Toujours intégrer que les gens changent d'avis, oublient quelque chose en partant, ce qui risque de les faire revenir. Finalement, pensait Hichad, faire son métier correctement, c'était s'appliquer à laisser des marges. La baraque ne lui fait pas peur. Le mur, haut de cinq mètres et hérissé de tessons de bouteilles, peut se franchir sur le côté, là où un camion de chantier est garé en guise d'échelle. Le Delta se glisse hors de la voiture, se dirige à vive allure vers le poids lourd et grimpe dessus avec l'agilité d'un lémurien. Ses pieds s'enfoncent dans le sable du camion, mais il se hisse sur les bords en dur, passe une corde autour de la rambarde, et enjambe le mur sans avoir à poser le pied sur les piques. De l'autre côté du mur, accroché à la corde, il se laisse couler au sol. Il enfile sa cagoule noire qui empêchera qu'on l'identifie.

Étrangement, Salem n'a pas installé de caméra de sécurité autre que celle de l'entrée, juste au-dessus de la porte. Hichad entre chez lui comme dans un moulin. L'incohérence des hommes, ce n'est pas la première fois que l'agent la remarque. Certaines de ses cibles se montraient d'une grande prudence la plupart du temps et dans certains domaines, privés, totalement inconscients. Peut-être que la compagnie d'une multitude de gorilles le confortait, qu'il préférait l'humain au technologique… Celui-ci était décidément bien moins paranoïaque que la plupart de ses acolytes qui se claquemuraient dans des maisons filmées sous tous les angles avec des équipements que bien des chaînes de télévision de leur pays auraient adoré pouvoir se payer. Finalement, Abdelakim n'était pas si mal. Hichad le remerciait en son for intérieur d'avoir posé aussi peu d'obstacles sur son chemin.

Devant lui, une porte qui devrait, comme souvent les entrées latérales, être celle des cuisines. Pile poil. Désertes, à part une femme de dos qui fait la vaisselle. Furtif, Hichad sort des cuisines et tombe sur un couloir. Au bout, une entrée dans laquelle il discerne un soldat avec une arme en bandoulière. Il le regrette déjà mais il faudra le sacrifier. En se rapprochant, collé au mur, il vérifie que le bonhomme est seul à son poste. C'est le cas. Il déambule dans la pièce circulaire. Embusqué dans l'ombre du couloir, Hichad attend sagement qu'il arrive vers lui. Quand il se pointe, l'agent, d'un bond, lui saisit la tête et la lui dévisse, en une fois, avec un bruit de corn-flakes. Il prend l'arme du mort et l'agrippe par les épaules pour le faire glisser sous un buffet massif.

Deux autres corridors se présentent, mais Hichad prend celui de droite. Là où il entend des voix. De loin, on dirait bien des sons aigus, du genre de ceux qu'émet un petit garçon. Personne en vue. Il s'engouffre dans le couloir et s'oriente à l'oreille. Au fond, sur la droite, les voix viennent de là, on dirait. Bien qu'il ait caché son premier cadavre du jour, il devrait éviter de trop s'attarder sur place. Il se plaque à la porte pour avoir une idée plus avancée des occupants de la pièce. Des enfants, affirmatif. Un adulte, affirmatif. Une femme. Si homme il y a, il n'ouvre pas le bec, ce qui en fait nécessairement un vigile. La meilleure façon de le savoir est de le pousser à remplir son devoir et l'attirer dans le couloir. Hichad donne deux coups sur la porte et se dissimule derrière une grosse armoire ancienne. Il l'entend s'ouvrir, les enfants qui rient derrière, la femme qui dit : « C'est bizarre, je suis certaine d'avoir entendu taper. » Pas de grosse voix. La porte se referme. Et Hichad recommence l'opération, deux coups, il se planque. Cette fois, en jetant un œil rapidement, il aperçoit un homme, pas très grand mais particulièrement large, qui sort et se met à arpenter le couloir à la recherche du plaisantin. Il regarde d'abord du mauvais côté. Dans quatre pas, il sera à la hauteur de Hichad qui pourra peut-être le tuer sans coup de feu ni giclée de sang.

Avec ses deux poings joints, il l'assomme puis, avec le plat de la main, lui donne un coup mat dans la nuque. Efficace. Celui-ci, c'est dans la chambre vide derrière lui qu'il le met. Sous le lit. Il doit faire vite maintenant et déguerpir de la baraque avec le petit. La nounou ne s'attend pas à voir revenir un autre homme que le garde. Elle se lève quand Hichad se présente dans l'encadrure de la porte. Il se jette sur elle, l'attrape par-derrière, l'empêche de crier d'une main et de l'autre, sort son scotch. Il la bâillonne et lui attache les poignets à un lit à barreaux. Les gamins n'ont pas fait un geste, ils ont la bouche ouverte et fixent le monsieur qui maltraite leur deuxième maman. Le Delta prend le garçon, lui met du scotch sur la bouche et le glisse malgré ses gesticulations dans le grand sac qu'il a déplié. Il le met sur son épaule et se barre. La gamine, traumatisée, reste au milieu de la pièce sans crier ni esquisser un mouvement.

Avec son paquet sur le dos, Hichad court jusqu'à l'entrée et se dirige vers les cuisines. Autant repartir par là où il est entré. Avec un peu de chance, la corde est toujours là. La femme qui nettoyait les plats tout à l'heure a disparu. La voie est dégagée. La corde ne s'est pas envolée. Visiblement, personne n'est sorti de ce côté-ci de la maison. Une bonne étoile veille sur Hichad aujourd'hui. Il cale le sac et escalade le mur. Dans la rue qu'il examine arrivé en haut, rien à signaler. Il peut redescendre tranquillement et tracer jusqu'au minivan avec sa monnaie d'échange. La porte coulisse et il se rue dans le véhicule avec le gamin. Là, il lui pose un bandeau sur les yeux, bien serré sans être blessant. Enfin, il peut ôter cette cagoule noire dans laquelle il a transpiré et surtout avec laquelle il ne serait pas très malin de conduire.

PARALLÈLE
MAI 2011, BENGHAZI, LIBYE

Les deux journalistes français ne sont pas censés parler l'arabe. C'est crédible. Les Français parlent rarement une autre langue que la leur, difficilement l'anglais et l'espagnol, pas du tout l'allemand, alors l'arabe… L'interview est organisée dans la cour du hammam où Salem s'est installé sous un figuier. Debout, deux hommes armés. Après tout, le tyran était renversé mais la guerre n'était pas encore éteinte. S'ils lui demandaient pourquoi autant d'armes une fois le danger écarté, il répondrait probablement que les ennemis de la liberté, du CNT, rôdent encore, prêts à les détruire. L'ennemi imaginaire, le bon vieux truc utilisé aussi par leur adversaire de toujours, le Satan américain. Sur son visage, Adbelakim porte le mensonge. Un air roué, une barbe mi-longue, des lunettes noires rectangulaires qui cachent de petits yeux malins. Il s'exprime bien. Il s'essaie même à l'anglais par politesse. Le reste, c'est Hamed qui traduit, inquiet. Il a perçu chez ses clients une espèce de force bizarre et de confiance qu'il n'y a pas chez les autres, souvent flippés. Eux ne paraissent pas craindre de faire le voyage dans un pays anarchique et encore explosif. Trop sereins pour être clairs.

On leur a proposé des chaises en plastique mais Julie a refusé pour filmer en mouvement. Miguel a clippé l'autre caméra sur un pied pour capter un plan fixe. Les questions seront simples, exprimées sans le moindre terme ambigu. Ne pas laisser à Salem l'impression qu'ils le suspectent ou sont contre lui. Au contraire, s'il pouvait croire qu'ils le soutiennent lui et la révolution, qu'ils sont ses alliés, ce serait préférable. Complaisant, il faut qu'ils soient aujourd'hui un média complaisant, tout acquis.

Avant qu'ils aient pu poser la moindre question, Abdelakim fait un laïus sur la révolution libyenne. Il dit « nous » et insiste sur les combats, sur le courage qu'il a fallu, et il rappelle les grandes batailles comme celle de Beni Walid. Il mentionne, bien sûr, les martyrs du 17 février. Il développe aussi un chapitre sur la cruauté de l'ancien tyran et les armes de la police pendant les manifestations à Benghazi, les sabres et les bâtons à clous. Hamed traduit d'un ton qu'il veut enthousiaste.

Sans le savoir, Salem raconte la guerre à deux personnes qui ne connaissent qu'elle. Après son préambule, il se tait, une façon de se mettre à la disposition des journalistes. Il attend leurs questions. Alors qu'Annie et Aymard, eux, ne s'attendent à aucune réponse. Les meilleures informations, ils le savent de source sûre, ne se demandent pas, elles se prennent. Les caméras tournent déjà quand l'un des sbires de Salem lui tend un téléphone. Ce qu'il dit en soi dans l'appareil n'a aucun intérêt. Quelque chose comme : « Ah, tu es là, par la grâce de Dieu, d'accord, je m'en occupe. » C'est la suite qui intéresse davantage Aymard et Annie : il interpelle l'autre acolyte et lui ordonne d'aller chercher M. Kounrad qui attend sur la place de la Liberté.

Grande imprudence que de prononcer des noms devant deux étrangers. Aymard avait remarqué que les islamistes malveillants avaient tendance à sous-estimer leurs ennemis. Ils négligeaient certains détails ou commettaient ce genre de gaffes, lesquelles pour eux n'en étaient pas puisque les Occidentaux étaient bien trop stupides pour comprendre. En l'occurrence, il se gourait. Ils savaient parfaitement qui était M. Kounrad, mieux, ils n'avaient pas besoin pour cela de consulter un dossier. Tout était parfaitement enregistré dans leur mémoire. S'ils avaient participé à un quiz sur les terroristes, ils auraient gagné, haut la main. Les Delta avaient les méchants dans la tête et dans la peau. Comme les chiens que l'on drogue pour qu'ils dénichent des sachets de cocaïne ou les chasseurs de nazis, on leur avait appris le terrorisme, ils le traquaient et ne pouvaient plus s'en passer. Ils vivaient avec ces types, y pensaient en se levant, en se rasant ou pas, habitaient parfois derrière chez eux en les écoutant ou devant en les surveillant. Au bout d'un moment, ils savaient tout d'eux, en tout cas plus qu'ils n'en sauraient jamais sur le peu d'amis que leur vie d'agent leur autorisait. Pour déconner, entre eux, ils disaient : « Alors tu l'aimes ton barbu, hein ? » En fait, c'était presque vrai tant l'intérêt pour ces terroristes devait, par obligation, par devoir, devenir une obsession.

Ali Kounrad, il y avait un dossier sur lui. Élément important du parti islamiste Ennahda, victorieux en Tunisie, il avait été, comme la plupart des opposants à l'ancien régime de Bourguiba puis de Ben Ali, envoyé en exil. En France. Mais Charles Pasqua avait fini par prendre des mesures radicales et lui avait fermement demandé de rentrer dans son pays. Ce qui, naturellement, avait fâché Kounrad, devenu alors un ennemi farouche de la France. Sous surveillance de la DGSE, il naviguait entre la Tunisie et les autres pays du Maghreb. On le voyait aussi en Arabie Saoudite, parfaitement à son aise. Par opportunisme et esprit de vengeance, il avait embrassé la révolution dans son pays et comptait probablement en tirer profit. Avec son parti, ils avaient gagné les élections, ils bénéficiaient de la confiance de la population. Ils avaient maintenant un pouvoir légal. Ils étaient polis en plus d'être armés. Comme ici, en Libye. Héros, libérateurs, Salem et sa clique de fous de Dieu avaient obtenu ce qui leur manquait jusqu'alors : le plein jour, la légitimité.

Dans ses réponses, Salem joue la modération. Il s'exprime bien, posément. Il contourne les difficultés par des propos vagues, idéologiques. Quand la question classique du projet de khalifat tombe, le porte-parole du CNT esquive assez lourdement. Julie et Miguel déroulent les interrogations les plus banales possibles, celles auxquelles pensent leurs confrères. Au fond, ils se foutent bien, eux, de la vision que M. Abdelakim Salem peut avoir de l'avenir de son pays, de son projet de gouvernance. Les projets pour un Delta ne comptent pas. L'immédiateté, le présent, est leur seule réalité. Penser au lendemain laisse à l'ennemi le temps de le réduire à néant.

De temps à autre, les deux journalistes se jettent un regard. Ils n'ont pas besoin de se consulter pour savoir qu'ils vont se débrouiller pour ne pas lâcher Salem d'une semelle. Ils croiseraient bien le fameux Kounrad. Et d'autres peut-être… qui débarquent tous pour la réunion de vendredi.

*

Ses voisins ne le connaissent pas. Il peut très bien avoir un fils, un neveu, un filleul, un enfant dans son entourage. Et il n'est pas absurde qu'un enfant de quatre ans pleure. Alors Hichad ne lui a pas remis de scotch sur la bouche quand il s'est mis à chialer et à demander son père. Trop peur qu'il s'étouffe dans sa morve et ses sanglots. Les gamins, ce n'est pas trop son truc. Il n'en a pas, et n'a jamais eu l'intention d'en avoir. Pas envie d'être responsable, trop joueur, trop coureur et, surtout, pas de très bons souvenirs de sa propre enfance.

Les cheveux longs et bruns, de grands yeux noirs mouillés, le petit garçon toucherait presque l'homme de fer formé à la dure. Il doit absolument s'empêcher de culpabiliser d'avoir kidnappé ce gosse. L'efficacité a seule sa place, la morale n'entre pas en ligne de compte quand il s'agit de sauver plein d'autres enfants. Et puis ce n'est pas comme s'il le torturait ou le tuait. Il ne fait que l'arracher très ponctuellement à ses parents. Le coup du doigt coupé envoyé par coursier, chez les Delta, ça ne se pratique pas trop ! Par contre, l'intimidation, la menace et, dans des cas extrêmement rares, l'emploi de la force, sont dans les mœurs.

Il a installé un matelas dans un coin et déposé l'enfant dessus après l'avoir sorti du grand sac. À côté, sur une chaise, il a mis des biscuits à disposition et un verre d'eau. Peu à peu, le petit se calme et le regarde sans rien dire. Il est temps de passer un coup de fil au paternel.

*

L'interview vient de cesser brutalement. Comme tout à l'heure, le second interrompt la conversation en chuchotant dans l'oreille de Salem qui se décompose. Blême, il se lève et renverse sa chaise. Il s'excuse, il a un problème grave à gérer. Tandis que Miguel démonte le matériel vidéo avec l'aide de Hamed, il entend, dans le couloir, le téléphone de Salem.

Au complet
mai 2011, Benghazi, Libye

Le message leur a été passé au Caire. « Grand-mère a beurré le moule » voulait dire : « C'est bon, les gars, venez, c'est le moment. » Vincent et Henry avaient prévu de stationner au Caire plus longuement. Normalement, ça ne se passe pas comme ça. Du temps s'écoule entre la pré-opération et l'opération et les agents chargés de la première phase dégagent le terrain. Mais là, les règles varient. La dangerosité de l'opération augmente un peu plus à chaque entaille faite au cadre. Vincent croit les Delta amplement à la hauteur de ces circonstances délicates, en capacité de bien réagir au changement, à la pression accentuée du temps.

Le passage d'Annie et Aymard n'a pas laissé d'empreintes dans la maison sûre si ce n'est une carcasse, une bouteille de Lagavulin qui traîne dans la cuisine. Les lattes du parquet ont été soigneusement remises en place. À leur tour, Vincent et Henry ont pris des précautions après s'être copieusement servis dans la cache d'armes.

Pendant qu'ils empaquetaient leur arsenal, un homme élancé, en costume mais sans cravate, quittait l'ambassade de France à bord d'une camionnette opaque marquée comme véhicule diplomatique. À cet homme a été seulement donné un itinéraire. Il doit récupérer deux hommes avec une cargaison sensible à un endroit et les emmener à un autre. Il ne sait pas qui ils sont et pourquoi ils se déplacent. Il les conduit, rien d'autre.

Comme inscrit sur la feuille de route, six heures trente pétantes, ils sont là, en train de sortir de l'immeuble, le soleil couchant qui tape sur les verres de leurs lunettes noires. Leurs gestes sont lents. Les deux portent des casquettes de sorte qu'on remarque à peine que le moins grand est blond. Des sacs à dos ventrus et des caisses donnent l'impression qu'ils vont prendre un avion. C'est juste.

La rue baigne dans une lumière orangée rasante et le chant du muezzin annonce la prière du crépuscule. Pendant qu'ils se tourneront vers La Mecque, Vincent et Henry, eux, prendront la direction du désert. Pour l'instant, ils rentrent leur matériel, le disposent de manière à ce qu'il ne bouge pas et le sanglent pour plus de sécurité. Dans la région, les routes sont rarement planes, mieux vaut anticiper les cahots. Le conducteur en costard qui n'a pas dit bonjour et semble se prendre pour un personnage de *Men in Black* démarre et prend vers l'ouest, vers le couchant. Henry est à l'arrière, qui surveille la stabilité du chargement, Vincent s'est assis, lui, sur le siège du passager. Dans le véhicule, on entend juste la climatisation souffler son air glacial.

Les inquiétudes de Vincent ne se sont pas apaisées. Il fait confiance à ses hommes, à trois mille pour cent, mais doute de la situation, trop tendue. Trop d'improvisation dans cette opération. Vincent déteste les renseignements de dernière minute. La préparation est trop courte. S'il avait été sur place, il aurait empêché Hichad de déconner. Mais ça ne l'arrangeait pas.

D'abord, parce qu'Aymard et Annie sont constitués comme un couple professionnel. Mieux vaut les laisser opérer ensemble. Ensuite, parce que Vincent a intérêt à éloigner Aymard de chez lui. Il n'en est pas forcément très fier, mais il couche avec Astrid, la femme d'Aymard. Depuis un certain temps…

Aymard l'ignore, mais sa femme mène une double vie, elle aussi. D'habitude, les agents ne se présentent pas leur famille, l'un ne rencontre jamais la femme de l'autre. Mais Astrid, elle, est sous-officier, elle fait partie de la DGSE, elle est de la maison et tout le monde sait qu'elle est l'épouse d'Aymard. Elle ne travaille pas avec lui à l'opérationnel mais dans les bureaux, à l'administratif. Dans le cadre de ses responsabilités au Service Action, avant la création de la Cellule, Vincent a eu l'occasion de dîner avec Astrid. Il ne peut oublier cette première rencontre avec la jolie femme, châtain clair aux yeux bleus, au petit nez, particulièrement souriante et chatte. Elle l'a aguiché pendant la durée du repas avec son air alangui et son accent d'Europe de l'Est dû à des origines ukrainiennes.

Et puis, une fois dans la rue, elle l'a provoqué : elle s'est rapprochée de lui au plus près, elle lui a soufflé : « Tu ne feras pas le poids… » En homme de défi, Vincent l'a suivie.

Ce qui s'est passé ensuite l'a embrasé pour longtemps. Elle s'est non seulement offerte complètement mais l'a, en plus, initié à l'échangisme. Dans tous les clubs échangistes de la capitale, Astrid a emmené Vincent et l'a affolé avec des séances excitantes dans lesquelles elle changeait de partenaire ou bien en acceptait plusieurs. L'agent retrouvait dans ces soirées très privées l'adrénaline de l'action. Il aimait ça, ces interdits, ces secrets, cette ambiance étrange faite de bruits humides, de petits cris et de lumières tamisées. Ça lui donnait un goût de danger dont il avait besoin.

En fait, Astrid lui avait comme fait son premier shoot. Il avait besoin de retourner encore et encore dans ces boîtes à partouze, de baiser sa maîtresse et d'autres, de perdre ses repères, de lâcher son corps et son désir, puissant. D'être simplement, purement animal, sur le qui-vive, comme sur le terrain. De son côté, la diablesse est simplement nymphomane. Au point de la soupçonner d'avoir intégré l'armée pour se plonger dans un bassin de testostérone et se faire le plaisir du choix et de la quantité dans cet univers viril. Elle reste discrète, elle fait sa vie dans Paris tandis qu'Aymard se trouve à Cercottes ou carrément loin, comme là, en Libye.

Vincent rendrait bien ce service à Aymard en le prévenant que sa femme le trompe. S'il n'était pas l'un des amants... Pour l'instant, il préfère l'envoyer à l'étranger plutôt que de se taper Astrid à seulement quelques kilomètres de ses yeux. Plus correct, si plus hypocrite encore. Idéalement, il faudrait qu'il interrompe cette liaison, mais il doit avouer qu'Astrid est le meilleur coup qu'il ait eu et il regretterait de devoir s'en passer. Il serait en manque. Avant de quitter Paris, il a pris sa dose avec elle au Donjon et aux Chandelles et sur le moment, il s'est félicité d'avoir écarté Aymard. Maintenant, il n'est plus très sûr.

En l'air
mai 2011, Le Caire, Égypte

Quand il rêve pendant un trajet en mission, Henry s'interdit de penser à sa famille. Il s'évite une trop grande déconcentration et évacue ainsi la peur. Il ne craint jamais sa propre mort pour lui-même. Solide et courageux, il est prêt à donner sa vie pour sa patrie. Mais si, par hasard, le visage de ses six enfants apparaît, il se ramollit, s'affaiblit. L'angoisse d'en faire des orphelins, de ne plus les voir, là où il sera. Car Henry croit au ciel. S'il n'était devenu un Delta, il aurait été séminariste. Fervent catholique, il se rend à la messe dès que possible et prie quotidiennement. Autour de son cou, une chaîne avec plusieurs médailles ovales. « Les saints qui veillent sur moi », répond-il quand on l'interroge, généralement avec une pointe de moquerie. Comme Vincent, il est capitaine, et comme Vincent, à son âge, cinquante-quatre ans, il a eu le temps d'en baver, le temps de se dire qu'il allait mourir, sans doute violemment.

Charitable et humain, doux en somme, Henry montre parfois un autre versant de lui-même, violent et radical. Il peut vriller en une seconde. Un go pour une opération et voilà la brebis chrétienne qui devient un fauve. Sa détermination, sa réactivité dans l'action, sans préalable intellectuel ou psychologique, sont des qualités que voulait Vincent dans son équipe. Un type comme Henry avec ce tempérament net et clair, qui tranche dans le vif sans ciller et sans hésiter, cette maturité, pouvait vertébrer la Cellule.

Il avait des années de service à son actif, Henry. Il avait commencé fort, dans le 13e RDP à Dieuze. C'est là qu'on apprend l'infiltration. De nuit, en milieu rural, il fallait passer derrière les lignes ennemies reconstituées, avec sur le dos un chargement très lourd. Mais ce n'était pas le plus difficile. Une fois de l'autre côté, il fallait construire une cache assez grande pour vivre dedans une semaine ou deux. Creuser le trou, l'installer, le couvrir avec les planches de bois apportées pour faire une trappe et disposer des branches, des feuilles, des troncs pour rendre le tout invisible. Dedans, il aménageait deux parties : l'une avec une banquette pour se reposer, l'autre pour les moments d'observation à travers l'entrebâillement de la trappe. Quand il fallait pisser, il utilisait une bouteille, pour le reste, il suffisait de s'extraire de sa fosse la nuit, de se dépêcher et de faire disparaître toute trace…

Henry s'était familiarisé avec la patience, le calme nécessaire au bon renseignement et, surtout, avec la discrétion. Il savait se rendre totalement imperceptible. Sa faculté à rester immobile des heures lui était utile en mission. Il tenait longtemps dans des conditions extrêmes, il résistait au froid, à la fatigue, à l'enfermement… Et il était un sniper redoutable. Sans laser, la nuit, il était quand même capable d'atteindre sa cible du premier coup.

Au Service Action, Vincent avait entendu parler de lui et de sa solidité, il avait vérifié et l'avait recruté.

Maintenant, Henry fait figure de sage, d'ancêtre, dans la Cellule. Parfois de gentil aussi. Pendant un stage guérilla, il avait refusé de tuer des lapins et des poules qui constituaient pourtant leur dîner. Pendant longtemps, les autres l'avaient appelé « Henry-Brigitte ». Doux, il prêchait la paix, l'amour d'autrui, mais, en tant que Delta, il pouvait se transformer en tueur implacable. Il vivait, plutôt bien, une sorte de schizophrénie. Il parvenait, alors que ça semblait impossible, à concilier le commandement de son dieu, « tu ne tueras point », avec celui de la Cellule, « tu tueras donc ».

Vincent adorait la distinction et la gentillesse d'Henry mais ne comprenait pas cette foi inébranlable chez un homme qui avait été témoin de tant d'horreurs, de massacres et de tristesse. Comment pouvait-il garder espoir dans l'âme humaine alors qu'il avait constaté le pire, le summum de la pourriture, les vices les plus grands ? En fait, à sa mission de Delta, il apportait une dimension spirituelle : il nettoyait la vermine, les blasphémateurs, ceux qui utilisaient le nom de Dieu pour exterminer des innocents, ceux qui trahissaient les enseignements divins. Il était un soldat de la République, et autant un soldat de Dieu. En cela, il percevait les adversaires des Delta avec une acuité extraordinaire. Il se trouvait avec eux des points communs, acceptait cette ressemblance pour mieux pénétrer leur esprit, mieux les décrypter. Et mieux les vaincre.

Dans le véhicule qui les amène dans le désert, Henry visualise l'action à venir. L'avion puis le parachutage nocturne. Il passe en revue tout ce dont ils ont besoin et il coche mentalement les accessoires indispensables à leur saut tout à l'heure, à leur arrivée en douceur à Benghazi.

Le chauffeur, lui, définitivement mutique, déroule dans sa tête l'itinéraire : Bawiti, puis direction Al Bahria, et après quelques dizaines de kilomètres, sortie de route. Rendez-vous au point 28° 23' 17,08" Nord, 28° 44' 21,75" Est. Et pour lui, le job s'arrêtera là.

Fixeur
mai 2011, Benghazi, Libye

Les journalistes français se comportent bizarrement. Ils ont congédié Hamed qui leur avait pourtant organisé deux autres rencards avec des huiles du CNT. S'il n'était pas déjà blasé, s'il n'avait déjà vu toutes les folies possibles, il s'arrêterait sur leur cas. Mais là, il s'en va sans sourciller, content de ne plus voir la tête faux jeton de Salem et son sourire satisfait.

En fait, le sourire s'est évanoui et a fait place à une mine grave. Embusqués de l'autre côté de la rue, Aymard et Annie le voient sortir du hammam et monter dans sa berline. De loin, ils le suivent, intrigués, et excités aussi à l'idée que Ali Kounrad pourrait se pointer.

Abdelakim Salem rentre tout bêtement chez lui. Et quand sa voiture s'avance dans la cour de sa maison, les deux espions ont le temps d'apercevoir, à l'intérieur, une clique de gens qui donnent l'impression d'être en panique.

Ils pourraient attendre l'arrivée de Kounrad mais pour que cela soit utile, il faudrait avoir installé des micros dans la maison pour avoir une chance de capter leurs conversations avec, au milieu, le détail manquant de l'opération. Et ça, c'était bien trop risqué.

Ils auraient pu se faire choper et annihiler toute chance d'aller au bout de la mission, le lendemain. Il leur semble préférable de partir, de rentrer à l'hôtel et de rappeler Hamed.

Quand il revient, il a changé. Maintenant, il est méfiant et froid. Il n'a pas apprécié qu'ils le plantent comme ça et les prévient qu'ils n'ont pas intérêt à recommencer. Le couple se confond en excuses et justifie ses manquements par l'attrait du scoop. Ils ont été, dit Miguel, sur la piste d'une info assez énorme, assez précieuse pour leur assurer un prix Albert Londres en plus de la satisfaction d'un super reportage.

Finalement, Hamed s'était laissé convaincre de leur donner une deuxième chance. Son indulgence n'avait rien de charitable. Il y trouvait son intérêt. Il manipulait les journalistes qu'il guidait. À Benghazi, tout le monde jouait avec tout le monde. La vérité était, plus qu'ailleurs, très fluide. Personne n'avait intérêt à ce qu'elle se fige quelque part. Ceux qu'il était le plus utile de tromper étaient les médias internationaux qui, eux, avaient une influence sur le cours des événements. Il s'agissait de les allier, de les gagner à sa cause, de dire ce qu'ils avaient besoin d'entendre. Le diable se nichait dans les détails qui compliquaient tout et brouillaient la vue et la compréhension des observateurs étrangers. Il fallait faire simple, proposer une bonne histoire compréhensible, donc manichéenne.

Il y avait d'un côté le méchant Kadhafi et ses sbires, de l'autre, les héros de la Révolution. Et le peuple libyen, au milieu, coincé entre son sale passé et son inévitable avenir. En fait, évidemment, les groupes n'étaient pas si distincts, ni si unis. Au sein des libérateurs, du

CNT, il y avait une multitude de courants différents. Certains se satisfaisaient de leur victoire et imaginaient reconstruire leur pays sur des bases démocratiques, d'autres nourrissaient encore leur haine et voulaient étendre leur pouvoir dans le pays et au-delà de ses frontières, d'autres encore se moquaient bien du pays et guettaient le moment propice pour s'approprier les richesses de l'ancien tyran. Le paysage politique était particulièrement bordélique. Plein de mini-guerres se déployaient à l'intérieur de la guerre principale opposant l'ancien régime et le nouveau. Des comptes restaient à régler et le peuple n'en avait pas encore fini de tous ses cadavres.

À l'inverse de ses copains, fixeurs comme lui, Hamed, qui faisait preuve d'une certaine clairvoyance, comptait faire comprendre, au moins à quelques-uns dont Miguel et Julie, qu'une coalition d'extrémistes s'était formée et qu'elle s'appuyait sur son pays pour vaincre, en s'infiltrant parmi les libérateurs. Il les avait donc emmenés dans l'après-midi rencontrer un des types du CNT qu'il soupçonnait d'être un islamiste malveillant et connecté à d'autres canailles équivalentes dans les pays voisins.

Jamal Mukti n'était pas net. Ses fréquents voyages hors de Libye, que sa profession d'instituteur ne justifiait pas, la radicalité de ses discours, le refus de reconnaître l'aide des frappes de l'OTAN… autant d'indices qui avaient attisé la curiosité de Hamed. Le Libyen avait gagné ses médailles de héros en se battant à Tripoli. Son rôle au sein du CNT n'était pas clair, il montrait une certaine influence, était présenté par les autres comme un genre d'éminence grise, de penseur. Il avait accepté la proposition de Hamed, bien qu'habitué à rester dans l'ombre, parce qu'il voulait se servir de son pouvoir médiatique pour renforcer sa place et son aura auprès de ses cousins islamistes.

Dans une avenue à cinq kilomètres à l'ouest de l'hôtel Tibesti, Hamed s'est garé et, à la porte d'une longue maison toute neuve, a sonné. Cette fois, l'interview de Miguel et Julie s'est déroulée sans interruption. Mais n'a duré que dix minutes. Mukti n'est pas un mec loquace. Le pire des clients pour un journaliste puisqu'il se contente parfois de répondre par un simple « oui » ou « non » ou « peut-être ». Miguel a ramé pour lui soutirer des réponses plus riches, en vain. Parfois il sourit seulement.

Au bout d'un moment, les deux journalistes, découragés, ont levé le camp. Ils ont gagné des images d'un des types de la clique qui les intéressent. En partant, ils en ont croisé un autre, dans une pièce contiguë à celle de l'entretien. Il s'agit d'un barbu qu'ils connaissent bien. Son visage leur est familier, ils l'ont déjà vu en vrai et en photo. Barbe grisonnante, bouffi, le nez fin et les yeux rapprochés et bordés de plis et de poches, Larbi Lamraj, la soixantaine bien portante, traîne dans la maison de Jamal Mukti en jogging blanc satin et babouches. Il a été libéré récemment des geôles égyptiennes et peut à nouveau participer aux activités des Frères Musulmans dont il est l'un des chefs idéologiques et le plus radical… il en est aussi le financier. Homme d'affaires richissime, il injecte des sommes astronomiques dans le mouvement islamiste égyptien.

En 2007, avant qu'il ne soit mis en prison, la Cellule avait essayé de l'éliminer. Mais sa voiture piégée avait tué l'une de ses doublures et il avait, par la suite, accru sa vigilance. Il était devenu impossible de le buter. En taule, ensuite, ça ne s'était pas arrangé : il avait payé des hommes de confiance pour qu'ils se fassent incarcérer et puissent le protéger dans sa cellule.

Annie avait demandé les toilettes avant de partir pour qu'Aymard puisse essayer de prendre une photo ou deux de la rencontre surprise. Mais Larbi avait filé dans une autre partie de la maison et Aymard avait abandonné son idée. Au moins, maintenant ils étaient fixés : les Frères Musulmans seraient clairement de la partie le lendemain en la personne de Lamraj.

Ils avaient eu, par un de leurs contacts du Service Action sur place, la confirmation que dans Benghazi, ça grouillait d'islamistes radicaux. On leur avait parlé du Hezbollah et de la présence d'Anouar Mouram, soupçonné, avec deux autres, dans l'assassinat en 2005 du Premier ministre Rafik Hariri. Décidément, il n'était pas question de foirer l'opération et de manquer l'occasion d'un génocide de terroristes !

L'autre témoin, un élément de la partie combattante du CNT, auprès duquel Hamed avait introduit Julie et Miguel, n'avait pas apporté grand-chose à Annie et Aymard mais avait raconté des trucs intéressants pour leur sujet télévisé sur la montée de la révolution dans le pays et les étapes décisives de sa libération. En rentrant à l'hôtel, les deux journalistes avaient bossé leur reportage, ils avaient dérushé leurs interviews et goupillé un montage. Julie avait enregistré le commentaire, Miguel avait compressé la vidéo de trois minutes et l'avait envoyée à France I. Ils avaient bouclé leur mission de reporters.

La rédaction en France avait accusé réception du fichier et un mail codé était tombé deux secondes après dans la boîte d'Aymard. Le temps de se déconnecter, d'entrer dans sa pièce secrète et de décoder le message, il avait lu un paragraphe qui l'avait saisi. On lui disait, l'information venait de Benghazi mais était passée par Cercottes et Cyprien, qu'une femme, une journaliste algérienne, enquêtait sur lui, posait beaucoup de questions à ses contacts privilégiés – dont certains appartenaient aux services – sur le compte de cet homme qu'elle avait croisé à l'hôtel et qu'elle croyait connaître. À la façon qu'elle avait de le regarder, il aurait pu se douter qu'elle se renseignait sur lui. Il avait répondu à Cyprien et posé une requête, il lui fallait en savoir plus sur elle. Et enfin se rappeler où il avait vu cette femme.

CHANTAGE
MAI 2011, BENGHAZI, LIBYE

Hichad avait trouvé les mots pour énoncer clairement la situation. Salem n'avait pas le choix. Soit il crachait les infos demandées et acceptait de porter un micro pendant le congrès, soit son fils aurait des problèmes. En résumé, soit il se retournait au profit d'Hichad, soit il perdait son gosse. Lors du premier appel, il lui avait demandé de rentrer chez lui et d'attendre un deuxième appel plus explicite. Il lui laissait le temps de la réflexion : il avait une heure.

Les coups de fil d'Hichad étaient intraçables et il faisait l'effort aussi de masquer sa voix, au cas où… Avant toute explication, il lui avait passé son fils, pour lui prouver qu'il ne mentait pas, qu'il avait les cartes en main. L'agent n'avait jamais fait ce genre de trucs, qu'on voit d'ordinaire dans les fictions au cinéma. Mais il notait déjà combien la méthode était convaincante. Il ne doutait pas que Salem obéirait pour revoir son fils.

Le petit dormait maintenant sous le bandeau, la bouche ouverte et le nez croûté par la morve sèche de ses pleurs. Enfin, Hichad était détendu. Il pouvait fumer une clope et préparer son évacuation vers la maison de repli où il devait retrouver les autres plus tard dans la soirée pour fixer l'opération.

*

Henry et Vincent sont sur place depuis trente minutes au moins. Ils ont vidé le thermos de thé et mangé déjà quelques-uns de leurs biscuits énergétiques. Ils ont parlé aussi. De la mission, des dernières nouvelles de Benghazi, des excès d'Hichad. Et d'Henry, de son âge, de sa retraite, bientôt, de ce qu'il en ferait. Il redoutait l'ennui. Il disait : « Quand on a eu cette vie, comment peut-on retourner à la tranquillité de son jardin ? » Ses enfants avaient grandi, ils quitteraient bientôt le nid. Il se retrouverait avec sa femme, ses croyances et ses souvenirs qui ne le laisseraient pas en paix. N'était-ce pas la malédiction des Delta ? De ceux qui connaissaient la guerre, y avaient participé, en victime ou bourreau, en avaient été les témoins ? Perdre le sommeil. L'angoisse de n'avoir plus que ça à faire, dormir, mais ne plus pouvoir, jamais. Vincent a voulu rassurer son agent. Pour l'instant, pas de retraite, une mission, peut-être la plus importante de sa carrière. À force de fréquenter des Orientaux, Henry avait assimilé quelques préceptes qui l'aidaient à réfléchir et à se calmer quand son Dieu lui faisait défaut. Il avait retenu que demain n'existe pas encore, hier n'existe plus, seul aujourd'hui existe, maintenant.

Tout est prêt pour l'avion. Henry et Vincent ont préparé une zone de posé à l'ancienne, façon BCRA (Bureau central de renseignements et d'action) ou armée des ombres. Des boîtes de conserve, qu'ils ont remplies de sable et imbibées d'huile et d'essence, sont disposées en L sur huit cents mètres. Ils ont allumé les brûlots vingt minutes avant l'heure prévue, vingt heures. Avec une marge autorisée de – 3 minutes avant, + 4 minutes après. Mais le marquage au sol doit être confirmé par d'autres signaux lumineux envoyés cinq minutes avant l'heure H avec une maglight en morse. Le code pour valider l'atterrissage, un V, c'est-à-dire trois points courts puis un long, n'est autre que le début de la cinquième symphonie de Beethoven, utilisé comme message le jour du Débarquement.

QUINTET
MAI 2011, BENGHAZI, LIBYE

Dans le ciel éclairé par une lumineuse pleine lune, à la limite de ses + 4, l'Hercule C-130 perce la mince couche de chaleur qui plane à quelques mètres au-dessus du sol et se montre. Il pique rapidement et atterrit. En arrivant au niveau des deux Delta, il fait un demi-tour et leur montre la tranche arrière qui s'ouvre pour qu'ils embarquent.

Dans l'Hercule, ils découvrent cinq types équipés de lunettes nocturnes : un pilote et son copilote, un mécanicien de navigation et un autre de soute, un chef largueur, qui saluent les arrivants d'un ton cordial. Le pilote tourne même la tête pour dire bonjour. Il a l'air plus disert que le man in black qui les a accompagnés dans le désert. Trop même. Il sort immédiatement une succession de blagues bêtes et désuètes telles que « en voiture, Simone ».

Ses deux nouveaux copains ne répondent pas à ses sollicitations de comique amateur. En fait, ils sont gelés. L'attente dans le désert du soir les a refroidis. Ils ne semblent pas avoir envie de déconner. Alors le pilote se retourne et met les gaz en échangeant seulement avec son copilote. Dans le ventre de l'avion, Vincent et Henry ne perdent pas de temps. Dans des gaines EL-20, ils répartissent le matériel, cinq kilos d'explosifs chacun avec les détonateurs et les radios, des glocks et des MP-5. L'Hercule grimpe très vite et tous ses occupants respirent dans des masques à oxygène pour aider leurs efforts devenus pénibles au-delà de quatre mille mètres. Ils sauteront à dix mille mètres tout à l'heure. Leurs sacs à dos contiennent une réserve d'eau qui atteint leur bouche grâce à une pipette, le produit pour la destruction du matériel de parachutage une fois au sol, les vêtements chauds nécessaires et un fond de sac, le strict minimum dont un agent a besoin en opération.

L'avion a emprunté l'autoroute du ciel, le trajet aérien officiel, en contact avec les tours de contrôle. Son plan de vol, c'est Paris/Rome/Le Cap/Paris. Ils auraient pu être dans l'avion au départ de Paris mais il n'est pas question qu'ils apparaissent sur la liste des passagers. Le pilote a étcint la radio le temps de se poser et de récupérer les deux Delta. Il ne déviera plus de sa trajectoire, ce sont Vincent et Henry qui auront à voler jusqu'à Benghazi. Pour l'instant, ils extraient de leurs sacs à dos la tenue adéquate, qu'ils enfilent. À cette altitude, ça caille. La technique est de multiplier les couches de vêtements pour isoler son corps du froid. Un sous-vêtement en synthétique spécial recouvert d'une polaire et d'une combinaison en gore-tex super résistante et chaude. Leurs chaussures de rando et leurs couvre-chaussures aussi sont en gore-tex, et assez solides pour atterrir sur des surfaces difficiles. Ils enfilent simultanément des cagoules noires qui ne laissent dépasser que leurs yeux. Ils s'équipent avec les deux parachutes qui les attendaient dans l'avion.

Presque au point. Dans quelques secondes, ils mettront leur casque équipé de JVN (jumelles de vision nocturne) et accrocheront les gaines aux sangles des parachutes que Vincent a équipés d'une voile spéciale imitée d'une voile de parapente. Moins fragile, plus maniable dans le vent mais à la fois très fine (de dix), la voile expérimentale a déjà donné satisfaction. Sur les gaines, ils calent un compas et un GPS pour naviguer dans le ciel jusqu'au point de rendez-vous avec leurs amis de la Cellule. Avant de s'acheminer doucement vers la queue de l'Hercule, ils passent en oxygène individuel. La tranche arrière s'ouvre avec un bruit de machinerie hydraulique et le voyant vient de s'allumer, en rouge. Vincent et Henry se positionnent dos au vide et attendent le vert pour sauter.

C'est le moment, ils plongent, Vincent en premier, Henry derrière lui. Ils font une bascule à dix mille mètres, les bras en croix, face moteur, et ouvrent immédiatement leur voile. Le ciel est lunaire, ni noir ni ensoleillé, dans un entre-deux presque mystique. Les deux jouissent de cette beauté, suspendus à leur voile qui met six cents mètres à se déplier entièrement et à freiner leur chute. Vincent ne se lasse pas de cette sensation, de ce bonheur à embrasser le vide, à côtoyer le ciel. Le saut lui procure des orgasmes démultipliés.

D'ailleurs, avant d'être un Delta, il est un para. Il descend de ces braves qui, pendant la deuxième guerre, avaient l'audace de sauter en territoire occupé pour lui rendre sa liberté. Il était fier de cette filiation, la revendiquait. Quand d'autres se bourraient la gueule pour se délester d'un souci, lui faisait plusieurs sauts d'affilée et rentrait chez lui, ivre, saoulé par l'altitude et les poussées d'adrénaline. La vigueur lui faisait du bien, le contact frontal avec les éléments le ramenait au cœur de lui-même.

Il a le temps de prendre son plaisir, quatre heures pendant lesquelles il dérive avec Henry. Les vents leur sont favorables et les emmènent sans trop de navigation. Trois cents kilomètres de vol, de contemplation et de pensées profondes.

Assis dans leur 4 × 4, Annie et Aymard les guettent. Ils vont les voir, comme des oiseaux, tournoyer dans les airs puis faire un piqué vers eux. Tout se passe bien, l'aire de posé est propre et leur trajectoire nette. Ils se dégagent rapidement de leurs voiles, les ramassent et les mettent en boule.

Ils creusent des trous dans lesquels ils les enfouissent et sortent de leur sac les quatre kilos de liquide magique. Mis au point par la Salle 12 pour les Opérations Aériennes Clandestines (OAC), ce genre d'acide dissout le matériel sur lequel il est versé. Ils remettent de la terre par-dessus. Dans moins de vingt-quatre heures, il ne restera que des cendres. Plus de trace de leur arrivée par l'espace aérien interdit.

Les deux parachutés checkent leurs collègues en montant sur la banquette arrière avec leurs chaussettes géantes bourrées d'explosifs et du reste de l'attirail exigé pour l'opération. Il est exactement minuit douze, Vincent et Henry ont employé seulement sept minutes pour atterrir, plier et grimper avec le matériel dans la voiture.

Ce ne sont pas exactement des retrouvailles de potes ce soir. Le bonheur qu'ils ont d'être ensemble dans le 4 × 4 est de voir l'équipe réunie, la meute convoquée. Pour la première fois depuis la création de la Cellule, ils sont tous impliqués dans la même mission au même moment. Vincent a conscience d'avoir mis tous les Delta sur le coup et de risquer, cette fois, non pas un homme ou deux, mais son groupe en entier. Pour l'instant, il manque Hichad. Vincent interroge Aymard à son sujet. Où est-il ?

Il doit être en train de les rejoindre dans la maison de berger qu'Annie a dégotée pas loin dans cette banlieue Sud de Benghazi. Vincent se marre en pensant qu'Hichad se sent comme chez lui ici. Arrivé le premier, il a fait son trou au point, maintenant, de garder un peu trop d'autonomie. Il est parfaitement couleur locale. Brun, barbu, le visage tanné par le soleil, les yeux noirs.

Un Delta doit savoir réagir par lui-même, il est le seul dans l'action à pouvoir l'évaluer et la gérer. Mais il doit garder à l'esprit qu'il engage, à chaque geste, la responsabilité de la Cellule, et ne doit pas perdre de vue les règles. Quand Vincent a inventé les Delta avec Cyprien, il méditait sur le danger de former des tueurs, des loups, qu'il serait plus tard difficile de brider. Pour être comme le reste de sa famille de combat, Vincent ressent cet appel au sang, à la folie meurtrière, qui les traverse et mesure encore une fois la difficulté qu'il y a à le contrôler, à le canaliser pour exploiter son potentiel.

Précisément, les quatre ont accepté de glisser du Service Action à la Cellule, pour enfin aller au bout, achever le boulot qu'on leur demandait de commencer. Souvent frustrés quand ils étaient encore au SA de ne pouvoir conclure, de n'avoir pas l'autorisation de traiter leurs cibles.

Au Service Action, ils se plaignaient de ne pas en disposer et avaient rebaptisé le Service en « Service Inaction ». Maintenant, ils signaient un épilogue, ils agissaient. Ils réglaient les problèmes en profondeur avec une opération tout à fait chirurgicale mais sans anesthésie.

Ils pouvaient enfin lâcher leurs coups, ils avaient regagné le sentiment du travail bien fait parce que terminé. Enfin, ils se sentaient utiles, ils en avaient les preuves concrètes, les cadavres de terroristes alignés dans leur tête. Ils vouaient une gratitude sans bornes à Vincent pour les avoir extraits du vase dans lequel ils s'étiolaient. C'était comme s'ils étaient passés d'un jeu vidéo à la guerre en vrai, en 3D, avec les vraies odeurs, les vrais dégâts, les vrais risques. Un pur shoot d'adrénaline, une bouffée intense de vie. Quand ils approchaient la mort, les Delta se trouvaient vivants, survivants.

Bergerie
mai 2011, Benghazi, Libye

La maison se trouve à proximité du terrain, à une dizaine de minutes par un chemin caillouteux et parsemé d'énormes trous qu'Aymard cherche à contourner. Les phares éclairent la façade de la chaumière et révèlent qu'Hichad est déjà là. Avant d'entrer, Annie invite Vincent et Henry à déposer le stock d'armes dans la cache à cinquante mètres qui a été aménagée. Un trou a été creusé, une caisse en bois avec un revêtement à l'intérieur pour protéger l'armement de l'humidité, de la poussière ou de la chaleur, casée dedans. Par-dessus, pour dissimuler le tout, du sable et des feuillages desséchés.

Annie dépose les pains de plastique et les détonateurs avec une joie évidente et spontanée. Quand elle sort des gaines les MP-5 et les glocks, son visage prend presque un air lubrique. Elle adore ça et regarde presque Vincent et Henry comme deux Pères Noël qui viennent de débarquer par le ciel avec des armes par milliers. Si elle s'écoutait, elle resterait là, à caresser les cadeaux. Henry laisse échapper un rire. « Annie, calme-toi, allez, ne reste pas là, tu vas pas dormir dans la cache d'armes quand même ! »

Quand Vincent ouvre la lourde porte en bois de la bergerie, il sursaute. Ce qu'il voit ne lui plaît pas du tout, en plus de le surprendre – ce qu'il déteste. Dans la grande pièce éclairée aux bougies, assis sur le sol en terre battue, un petit garçon brun, les yeux bandés. Debout, à côté de lui, Hichad sort son matériel informatique de son sac. Vincent le regarde se retourner, ne dit rien, attend qu'il parle. Aymard entre derrière Vincent et réagit plus spontanément. À la vue de l'enfant, il s'exclame : « Mais qu'est-ce que c'est que ça ? » Moqueur, Hichad répond : « Un enfant, ça s'appelle un enfant, et lui, plus spécifiquement, est un petit garçon. » Légèrement énervé par le ton de son Delta, Vincent se décide à intervenir.

— Tu peux nous expliquer ?

— Oui, j'allais le faire.

— Quoi qu'il en soit, tu aurais dû prévenir.

— Trop dangereux.

— Ah, parce que tu trouves qu'un enfant ici, c'est pas dangereux ?

— Si, si…

— Tu connais nos règles, pas les femmes, pas les enfants. On ne touche pas, bordel, c'est pourtant clair et net, ça, non ?

— Ne t'inquiète pas, on ne va rien lui faire à cet enfant !

— Si, je m'inquiète, parce que tu déconnes, tu débordes, tu fais n'importe quoi. Tu pètes les protocoles quand ça t'arrange. T'es un soldat avant tout, tu respectes les ordres, tu ne prends pas tes décisions tout seul.

— Demain soir, la réunion, et on ne sait toujours pas où. Le gamin était le seul moyen. Autrement, on était baisé.

— C'est qui ce gamin ? Ne me dis pas que…
— Si, je l'ai enlevé. C'est le fils d'Abdelakim Salem.

Sur ces mots, Aymard explose de rire. La séquence de l'interview interrompue avec Salem repasse en accéléré dans sa tête. Il vient d'établir la connexion. Sans s'être concertés, ils avaient tous collaboré au kidnapping. Les faux journalistes avaient attiré le père hors de chez lui pour qu'Hichad puisse tranquillement emmener le fils. Trop fort ! Aymard se dit que les Delta font mieux que de la transmission de pensée entre eux, de la transmission d'actions !

Quand ils rejoignent le trio, Annie et Henry hallucinent eux aussi. Hichad leur fait la légende de l'image bizarre qu'ils ont sous les yeux. D'un coup, le petit se met à pleurer. Aymard ne peut s'empêcher de vanner Annie : « Il est malin le petit, sans déconner, regarde, il a capté que t'étais une meuf. »

Vincent n'a pas particulièrement envie de rire. Il bombarde Hichad de questions sur ce qu'il compte faire du gosse et ce qu'il a obtenu de son père. Alors que les réponses seraient censées le rassurer, elles augmentent son angoisse. Quel culot ce Hichad ! En trois minutes, il a décidé d'entrer dans la maison d'un islamiste assez peu aimable, et lui a piqué son gamin de quatre ans, la prunelle de ses yeux, pour le faire chanter. Et ce qu'il exige en échange, c'est bien pire que du fric. La trahison, balancer ses amis.

Hichad a rappelé Salem, comme convenu. Pour commencer, il lui a donné le mode d'emploi. Il porterait des micros vendredi et allait lui indiquer immédiatement l'adresse de la réunion. Sinon, il couperait un à un les petits doigts de l'enfant. Et le jour J, s'il tentait quoi que ce soit de déloyal, il ne reverrait jamais sa progéniture. Ces phrases, Hichad les avait énoncées sans scrupule et sans peur, avec une espèce de calme qui l'avait troublé. Il s'était entendu ajouter dans l'appareil : « Soyez sage, je vous préviens, je peux pas saquer les gamins, ne me donnez pas un prétexte pour leur faire du mal... »

Au bout du fil, l'autre s'était étranglé et après quelques courts instants, il avait dit : « OK, OK, je vais vous dire, d'accord. » Il avait encore laissé quelques secondes de silence pour son tumulte intérieur avant de lâcher l'info, L'INFO, celle qui obsédait les Delta.

L'aéroport de Benghazi. La tour de contrôle.

Salem avait voulu parler à son fils, Hichad avait refusé. Il lui passerait le lendemain, il lui téléphonerait à nouveau.

Hichad était impressionné. Ils étaient inventifs ces terros. Les pistes de l'aéroport avaient été bombardées et étaient devenues impraticables. L'aéroport avait donc été fermé et mis sous bonne garde. En dehors des surveillants (des complices, probablement), le lieu était parfaitement désert. Le meilleur endroit possible pour organiser un petit comité en toute discrétion et, encore mieux, dans la tour de contrôle, pour le point de vue idéal sur d'éventuels gêneurs.

Le meilleur endroit possible aussi pour réussir l'opération. Une tour, facile à faire exploser, facile à surveiller. Il leur faudrait vérifier l'entrée de chaque participant. Leur liste n'était pas complète, ils étaient certainement plus nombreux. Et ils avaient besoin de savoir précisément qui mourrait ce jour-là, qui ne serait plus à tuer.

La bergerie, sommaire, convient parfaitement aux Delta pour ce qu'ils ont à y faire : préparer l'opération.

Et ils commencent dès ce soir. Annie et Aymard rentreront ensuite rapidement à leur hôtel et Hichad dans son appartement. Plus que jamais, il faut jouer son rôle officiel. Les journalistes sont bien censés partir de l'hôtel demain matin. Se montrer le plus possible la veille, ne pas attirer l'attention par des absences ou des ruptures d'habitudes. Rester normal.

L'enfant, lui, repartira avec Hichad, qui devra s'en débarasser au matin, même s'il serait préférable de tenir la monnaie d'échange hors de la ville jusqu'à l'heure H. Il est probable que Salem, qui n'est pas du genre à rester une victime, a déjà agité sa petite garde pour retrouver son fils. Vincent ne lâche pas Hichad. Il lui suggère l'hypothèse selon laquelle Salem préviendrait les autres et préparerait un piège. « Tu vois, Hichad, tu nous aides parce que nous avons le lieu et en même temps, tu dois te rendre compte que tu ne nous aides pas du tout. Imagine qu'ils aient mis au point un traquenard et qu'on n'ait pas le temps de faire sauter. On fait quoi, hein ? Explique-moi. »

Et puis, il parle du gosse, encore. Qu'Hichad comprenne. Il conclut en lui expliquant qu'il a autre chose à foutre que de faire du baby-sitting. Ils n'ont pas voulu l'attacher. Le petit pourrait en aveugle, pendant un moment d'inattention générale, mettre la main sur une arme et faire des conneries. Elles sont chargées, au cas où des ennemis trouveraient la bergerie. Annie est d'avis de mettre l'enfant dans la petite pièce au fond pendant leur réunion, la réserve de bois ; en cadenassant la porte, ils seraient tranquilles. Annie se charge d'installer un matelas et une couverture.

Le débriefing dure deux heures. Toutes les informations glanées par Hichad, Aymard et Annie pendant la préops sont mises sur la table de fortune, des planches en bois vermoulues. Les photos d'abord et les fiches d'identité qui vont avec, les enregistrements vidéo et audio, chaque renseignement est exposé à la Cellule.

Puis vient la préparation de l'opération, l'organisation du piège et la distribution des rôles. Le plus important reste à venir cette nuit, avant l'aube : il leur faudra répartir les charges dans la tour de contrôle. Ils vont la faire sauter. Vincent et Henry ont convoyé le matériel nécessaire, les dix kilos d'explos, et s'occuperont de les déclencher. Hichad, lui, conduira le minivan Toyota vitres teintées et porte coulissante et sortira ses deux frères d'armes de l'aéroport pour les amener au point d'exfiltration.

Ils concluent la séance de travail par les incidents potentiels pendant l'opération. Envisager le pire et les façons instantanées d'y remédier. Cette fois, la liste est longue. Les Delta sont hors des clous. Conventionnellement, Hichad devrait, comme Annie et Aymard très bientôt, quitter les lieux, l'enfant ne devrait pas être là.

EN PISTE
MAI 2011, BENGHAZI, LIBYE

Les Delta ont parfaitement intégré le plan de l'aéroport de Benghazi où va se produire le meeting. À peine Hichad a-t-il obtenu de Salem le lieu, qu'il a accompli une reconnaissance. Il a d'abord calculé les temps de parcours et les itinéraires, principaux et secondaires (en cas de course-poursuite, des itinéraires avec des possibilités de rupture de filature) entre l'aéroport et la ville. Ensuite, sur place, il a pu établir que l'aéroport restait sans surveillance et qu'aucun grillage ne viendrait leur compliquer la tâche.

Il a fait des photos de la tour de contrôle, le bâtiment le plus haut de la zone et de ses alentours, pour que Vincent choisisse un point d'attente, l'endroit où il attendra avec Henry de pouvoir déclencher les explosifs. Enfin, il s'est infiltré dans la tour de contrôle pour repérer les caches potentielles pour le C-4 à l'intérieur.

Vincent synthétise le plan d'action. Être précis était sa responsabilité, sa charge de capitaine des Delta. Lui aussi, malgré la perfection de son parcours de para, d'agent du Service Action puis de tête de la Cellule, il avait commis des erreurs. Il lui était arrivé de rater des opérations, peu. Et il avait entendu le récit d'autres agents qui parlaient d'explosion ratée, de civils tués...

En 1983, après l'attentat du Drakkar, une équipe du Service Action avait mis au point une vengeance. Un de ces conspirateurs était un copain de Vincent, celui qui lui avait donné envie de rejoindre la DGSE.

Certains de l'implication de l'Iran dans la mort des militaires français, les quatre hommes missionnés avaient garé une jeep gavée de plastique devant son ambassade. Et ils avaient déclenché la charge. Mais rien ne s'était produit. Les agents présents sur place pour veiller à la réussite de l'opération avaient pâli. Avec le lance-roquettes qu'ils avaient emporté au cas où précisément les explosifs demeureraient muets, l'un d'eux avait essayé de vaporiser la bagnole. En vain. Il fallait s'exfiltrer, ne pas s'acharner inutilement.

Vers trois heures du matin, Hichad est rentré chez lui avec le petit et a réglé son problème de conscience assez rapidement. L'efficacité de l'enlèvement lui a ôté tout doute. Il en est même à se féliciter d'avoir agi ainsi. Pas sûr qu'il n'utilisera pas ce moyen à nouveau, si la situation s'y prête, qu'il n'y a pas d'autre recours. Il vérifie ses bandes en rentrant dans sa planque. Mais rien ne s'est passé depuis son départ des bureaux de l'ONG. Une quiétude suspecte. Il s'allonge sur son lit pour fumer, il rêve, s'imagine demain, et voit Dina, nue, qui l'appelle. Il voudrait la prendre, l'étreindre, lui dire au revoir avec des baisers enflammés.

Rattraper l'autre jour, sa brutalité, sa bêtise d'homme pressé, sous tension. Ils sont des bêtes fauves, ils n'ont pas même le droit d'approcher des humains autrement que pour les buter. Ils sont dangereux, surtout pour ceux qu'ils aiment et qu'ils laissent seuls ou que leurs cauchemars hideux rejettent les nuits d'amour. Hichad doit l'accepter : les Delta ne sont pas faits pour vivre en société. Mais entre eux, dans les bois, loin des zones peuplées où leurs pulsions sanguinaires et leurs souvenirs sanglants peuvent habiter sans risque.

Ce sont Aymard et Annie qui emmènent en minivan les deux capitaines à l'aéroport, une fois les derniers détails réglés dans la bergerie. Pendant le trajet, ils répètent dans leur tête les gestes qu'ils effectueront une fois largués devant l'entrée par leurs copains. Vincent interroge Aymard :

— Vous partez demain matin à la première heure, OK ?

— Oui, après avoir aidé Hichad à larguer le môme et lui avoir refilé le véhicule. Annie ira en louer un autre demain pour rejoindre l'Égypte.

— OK, faites quand même attention. Tu as une fille dans les pattes, je te rappelle, qui s'intéresse à toi d'une manière déplaisante…

— Ne t'inquiète pas, Vincent, je sais ; tout va bien, demain, on ne sera plus là…

Dans le noir le plus complet, sur les côtés de l'aéroport, Henry et Vincent, en jean et veste de photographe pleine de poches, descendent du minivan après avoir salué les deux autres. Ils portent chacun un sac à dos lesté de cinq kilos d'explosifs, de boîtes en fer et de détonateurs. En plus des pains de plastique disposés dans des boîtes, ils ont pris des tenues de camouflage et de quoi passer la nuit et une partie de la journée du lendemain dehors, en attendant le début des festivités.

Grâce à leurs JVN, ils évitent de heurter des obstacles et se faufilent jusqu'à la porte de la tour de contrôle. Ils font le tour du bâtiment dans l'idée de pénétrer par une fenêtre latérale qu'Hichad a déjà forcée. Malgré l'obscurité, ils la trouvent en effet : une partie de la vitre est cassée au-dessus de la poignée. Il suffit de passer le bras et de faire pivoter la fenêtre pour l'enjamber. Une fois à l'intérieur, ils cherchent l'escalier qu'ils ont repéré, il y a de cela moins de deux heures, sur un plan commenté par Hichad. Arrivés dans la salle de contrôle où ils supposent que la réunion se tiendra, ils se dirigent vers le casier indiqué par ce dernier. Ils font vite. Du sac d'Henry, Vincent sort une boîte métallique qu'il a préparée avant.

Il a mélangé puis malaxé un pain de plastique avec des vis pour que, au moment de l'explosion, des multitudes d'éclats pointus fassent encore plus de ravages. Dans cette mixture diabolique, il a enfoncé le détonateur qu'il a branché sur le système de commande à distance de mise à feu électrique. Une fois l'assemblage effectué, il l'a posé dans une caisse en fer.

C'est dans une espèce de placard de la salle de contrôle qu'il installe la bombe à fragmentation. Ils peuvent ensuite quitter la pièce. Ils redescendent et sortent de la tour. Ils se séparent pour aller plus vite. Chacun d'entre eux prend deux côtés. Quatre autres caisses métalliques sont réparties avec deux kilos d'explosifs, assez pour faire vaciller l'immeuble après une jolie petite explosion déclenchée par les boîtiers radio qu'ils ont dans leurs sacs.

Les charges prêtes et installées, ils rejoignent leur planque. Une rangée d'eucalyptus et des bosquets entourent toute la zone. À une centaine de mètres de l'entrée de la tour de contrôle, ils enfilent leur tenue de camouflage utilisés par les tireurs d'élite des Forces Spéciales qui leur donne l'apparence de Chewbacca dans *La Guerre des Étoiles* sans que ça les fasse rire – parce que la situation ne s'y prête pas vraiment. Ils restent concentrés. Ils se posent avec leur pipette d'eau dans le bec, deux trois barres de céréales dans les poches, un glock au mollet, une MP-5 sur le côté, prête à être saisie si besoin. Maintenant, il faut attendre, c'est la partie la plus difficile. Ne rien faire, ne pas bouger jusqu'à l'arrivée des troupes dans quelques heures.

Retrouvailles
mai 2011, Benghazi, Libye

De retour à l'hôtel, Aymard n'arrive pas du tout à dormir alors qu'il devrait prendre des forces. Alors il se lève, se rhabille dans la salle de bains pour ne pas réveiller Annie et sort de leur chambre. En automate à moitié somnolent, il prend l'ascenseur et se dirige, une fois au rez-de-chaussée, vers la piscine, à l'arrière de l'hôtel. L'éclairage nocturne du bassin est un luxe qu'on ne se permet pas dans le pays en ce moment, quelques lampes extérieures suffisent à ne pas tomber dedans.

Une silhouette est assise à une table et de la fumée vole autour. Après quelques pas, Aymard distingue une femme dont le profil ne lui est pas inconnu. La journaliste algérienne !

Mouna a passé une sale journée et cherche à se calmer après avoir engueulé par téléphone ses collègues à Alger et, de visu, son caméraman qu'elle adore pourtant. Ses pistes ne mènent nulle part, c'est trop peu pour un excellent reportage, elle n'obtient pas assez d'informations sur ce mec qui l'intrigue et vient d'apparaître. Elle a tourné toute la journée des images qui n'ont rien de sensationnel. Elle aimerait pouvoir se saouler pour anesthésier sa frustration mais dans ce putain de pays ce n'est pas possible, ils n'ont pas d'alcool.

Alors qu'elle n'est pas du tout disposée à engager la conversation, elle a remarqué la présence d'Aymard. Il a même osé la saluer et se montrer charmant. Entre confrères, il est naturel de s'adresser la parole. S'engage une discussion de dupes qui ne manque pas de charme.

L'un et l'autre se cherchent. Au bout d'un moment, Mouna ose. Elle dit : « J'ai l'impression de vous avoir déjà vu… » De son côté, Aymard ne veut pas répondre « moi aussi », il lui fait remarquer qu'ils couvrent pour leurs rédactions l'actualité internationale, ce qui offre quand même une multitude d'occasions de se rencontrer et de se connaître de vue.

Évidemment, Mouna n'a rien gobé des conneries d'Aymard. Elle a plutôt changé de sujet. Leur job, ses risques, la recherche d'infos, ils se sont raconté plein de choses. Au bout d'un long moment, la journaliste a eu froid et Aymard a courtoisement proposé de rentrer.

C'est à ce moment-là qu'elle l'a provoqué. Elle lui a dit avec un ton d'ingénue : « Vous pourriez me réchauffer… » Il ne s'est pas fait prier. Elle était particulièrement belle, Mouna, et il savourait qu'elle soit une femme qui le surveillait, lui, l'espion ! Leur relation, venimeuse, avait quelque chose de très excitant.

Dans la chambre de Mouna, leurs deux heures d'amour ont été torrides. Et surtout utiles. Au moment de jouir, la première fois, il a eu une révélation. Elle n'a jamais fermé les yeux, elle l'a fixé avec une intensité atomique. Ce regard sur lui, tout près dans ce corps à corps et puis une odeur, particulière, poivrée, sa sueur et cette légère senteur d'anis…

Dans le spasme de son orgasme, il a retrouvé la mémoire. Son amante est cette jeune fille sur la banquette arrière avec Zitouni en juillet 1996, celle qu'il a emmenée et libérée sur une route après l'embuscade contre le chef du GIA. Le choc est violent. Il a essayé de ne rien laisser paraître.

Mais son esprit s'était emballé, et il avait imaginé le pire. Qu'elle était restée viscéralement liée aux amis de son père, animée par un désir de vengeance, et qu'elle n'était à Benghazi que pour le buter, lui, Aymard. Elle aussi était sous couverture. Elle n'était pas simplement journaliste. Pendant leurs ébats, elle aurait pu sortir un pic à glace et lui perforer le cœur.

Elle n'avait pas compris qu'il refuse de dormir là. Après l'avoir embrassée, il l'avait saluée et s'était rapatrié dans sa chambre où Annie, angoissée, matait des séries policières pourries. Où était-il passé ? Elle craignait que son compère ait abandonné la mission. Elle avait beau se dire qu'il avait quitté la chambre sans passeport ni sacs, elle ne doutait pas des capacités d'Aymard à tracer la route les mains vides. Lui, il avait coupé court aux remontrances et encouragé Annie à dormir vite.

*

Le réveil avait surpris Hichad dans un sommeil ravi. Il faisait beau, comme tous les jours à Benghazi, et l'agent se réjouissait même en dormant de l'opération. Salem n'avait pas raté un seul de ses coups de fil. Pourtant, il n'avait plus eu loisir de parler à son fils. Concrètement, pour Hichad, c'était encore possible, l'enfant était toujours avec lui. Mais stratégiquement, c'était plus malin de couper le contact entre le père et le fils. La pression monterait avec la peur. Il porterait les micros comme convenu, il ne se déroberait pas, il redoutait trop la mort de son fils pour ça. Et son silence en était l'avant-goût.

Aymard, lui, n'avait pas l'impression d'avoir fermé les yeux. Il se sentait épuisé et nauséeux. Il avait prévu, juste avant de tailler la route vers Le Caire, de donner un coup de main à Hichad pour larguer le gamin. Il a rendez-vous avec son frère Delta devant l'hôpital pour qu'il confie le paquet à Dina.

Il doit avouer qu'il a hâte de s'en débarrasser. Il fait confiance à Hichad sur la solution, il a l'air de croire en cette Dina.

Allongés dans leur tenue de camouflage et planqués par la végétation, Henry et Vincent ont dormi à tour de rôle.

Transmission
mai 2011, Paris, France

Cyprien a mangé sans dire mot les délicieuses tartines grillées et agrémentées de beurre salé que son épouse lui a préparées. Son café refroidit devant lui. Il voulait protéger la Cellule. Or, si la mission du jour foirait, non seulement ils seraient seuls mais en plus, ils pourraient être remis en question. La fragilité des Delta était aussi leur force : la clandestinité. Soldats-fantômes, ils n'avaient pas la protection de la lumière et concentraient la colère des présidents qui se sentaient vite coupables d'avoir à prononcer, indirectement, des condamnations à mort. Cyprien, d'expérience, se tenait prêt à une dissolution de la Cellule. En attendant, il lui fallait la couvrir au maximum, border ses arrières « en interne », c'est-à-dire avec le président.

Dans sa voiture, après le bavardage de rigueur avec son chauffeur, il appelle l'Élysée. Le président n'est pas là, mais on peut prendre un message. Cyprien compose le numéro de téléphone portable qu'il utilise le moins souvent possible.

— Cher ami, comment allez-vous, faites vite, parce que vous savez les abrutis qui travaillent pour moi m'organisent des journées doubles… deux usines dans la même journée, ça me paraît beaucoup mais mes conseillers en com me disent que ça donne l'impression que je n'oublie personne…

— C'est pour aujourd'hui, monsieur le président, tout à l'heure.

— D'accord, dites-moi quand ce sera fait.

*

Hichad entre dans le hall encombré de l'hôpital et demande Dina à la réception. On lui dit que ce n'est pas possible d'appeler comme ça les infirmières. Hichad rétorque qu'il s'agit du neveu de l'infirmière qui est malade. Il faut la prévenir d'urgence pour qu'elle puisse intervenir. La standardiste s'exécute.

À l'arrière du minivan, Aymard essaie de calmer le petit qui pleure sous son bandeau. Il évite de lui mettre du scotch sur la bouche mais là, s'il est obligé…

Le Delta s'attend à ce que Dina réagisse mal, bien sûr. La dernière fois, il n'a pas été particulièrement tendre. Il a du mal avec les femmes. Il les perd quand il les aime. Sa mère, sa sœur… Son premier amour aussi à Beyrouth, écrasée sous des éclats de béton.

Quand elle le voit, Dina s'énerve. Son visage est grave, elle est cernée et paraît préoccupée. Il s'excuse pour la dernière fois, il est désolé, il a fait ça parce qu'il s'en va, qu'il doit la quitter, il part de Libye. Il voulait lui dire au revoir et lui confier un enfant qu'il a trouvé dans la rue et recueilli mais dont il ne peut pas s'occuper, rentrant en France. Dina reste bouche bée. Tant de culot, tant de brutalité… Sur un ton cassant, elle le cloue d'un « Va-t'en, c'est mieux, tu crées trop de problèmes, tu fais des dégâts, oui, va-t'en. » Elle lui demande ensuite d'aller chercher l'enfant. Comme Hichad s'éloigne, Dina sourit tristement.

L'agent attrape l'enfant dans la camionnette, le tient devant lui, dans une position où le petit garçon lui tourne le dos. Il dénoue vivement le bandeau de ses yeux et le dépose devant les portes vitrées de l'hôpital. La visière de sa casquette est baissée devant ses yeux et il se retourne en une seconde et grimpe dans le minivan. Aymard démarre tranquillement pour ne pas attirer l'attention et file ensuite.

Une fois libéré du fils, un quart d'heure plus tard, Hichad va voir le père. Salem est censé le retrouver dans un parc, l'Evacuation Park, où il lui a donné rendez-vous à dix heures pétantes pour lui remettre l'équipement d'écoute. L'avantage du point de rencontre est de se trouver sur la trajectoire de l'aéroport, la nationale qui relie Benghazi à l'aéroport international Benina où, dans quelques heures, la convention de terroristes se tiendra.

Hichad a prévenu Salem qu'il lui faudrait être bien sage, venir seul, et ne pas imaginer une quelconque manœuvre. Le temps a été calculé pour que l'espion contraint des Delta puisse rentrer chez lui et poser son micro sous sa chemise. L'agent doit croiser sa « victime » sur l'un des bancs du square, l'endroit parfait pour continuer d'opérer une pression psychologique sur elle. Quelques arbres entourent l'aire de jeux, pas assez pour dissimuler un espion. Salem devrait être seul.

Lunettes de soleil et casquette cachent le visage d'Hichad. Il est assis sur le seul banc ombragé et attend en lisant « La Vérité », le journal de Benghazi relancé après la fin de Kadhafi. Dans l'allée en face de lui, il remarque une silhouette qui correspond à celle de Salem, vu en photo, en vidéo, de loin.

Vêtu à l'occidentale, Abdelakim presse le pas vers le bac à sable. La consigne est qu'il doit chercher un type avec un sac en plastique vert. Il repère Hichad, s'assoit à côté de lui, ne dit rien, prend le sac posé entre eux, se lève et s'en va, trop vite. Il était censé rester quelques minutes sur le banc, histoire de ne pas éveiller la curiosité des gens dans le parc. Le Delta a noté qu'il transpirait, que sa barbe recueillait toutes les gouttes qui glissaient le long de ses joues. Une odeur d'humidité émanait de lui, de vêtements mal séchés. Dans le sac, Hichad a glissé un papier avec le lieu de rendez-vous en photo, de faux rendez-vous, pour le soir. Salem croit pouvoir récupérer son fils.

*

Annie et Aymard viennent de sortir de l'hôtel avec leurs sacs contenant leurs caméras. Sans les glocks 26 et le minivan qu'ils ont laissés à Hichad tout à l'heure. Ils ne repasseront pas, mais n'ont pas fait de check-out. Personne ne sait qu'ils sont partis. Sauf Mouna qui, du hall, les a vus filer.

DÉCOMPTE
MAI 2011, BENGHAZI, LIBYE

Il n'est pas loin de seize heures. Dans une rue adjacente de la guérite de l'entrée de l'aéroport, Hichad patiente dans sa camionnette. Des bandes tournent déjà, bien qu'il ne se passe pas grand-chose encore. L'agent a exigé de Salem qu'il allume son micro HF un kilomètre avant d'atteindre l'aéroport. Un bon signal de leur arrivée. Il ne s'attend pas à ce qu'il voit maintenant. Une succession de voitures noires se pointe. À l'intérieur, Hichad remarque des Libyens en tenue militaire qu'il a déjà croisés dans la ville. Ce sont des combattants de la Katiba du 17 février. Vraisemblablement, ils viennent un peu avant sécuriser la zone pour le sommet islamiste.

Les Delta n'avaient pas prévu un comité armé aussi important. Et Hichad, comme Henry et Vincent dans les buissons, ne pouvaient plus rien y faire. Il était trop tard pour annuler l'opération.

Ils sont donc une dizaine à débarquer aux abords de la tour de contrôle. Les deux camouflés n'apprécient que moyennement cette apparition. Ils vadrouillent autour de l'immeuble pour vérifier que personne n'est embusqué. Au cours de leur ronde, ils passent à cinq mètres de Vincent et Henry qui cessent de respirer.

Dans le minivan, Hichad remarque une autre voiture noire qui s'avance dans l'allée principale. Les vitres fumées l'empêchent d'identifier ses occupants. A priori, ce n'est pas Salem, il entendrait dans le micro les bruits de la barrière, la fenêtre qui s'ouvre, la courte conversation entre le conducteur et le gardien. Et puis, quand le véhicule est passé à proximité de la camionnette, Hichad a disposé d'une seconde pour voir sa plaque et croit bien avoir repéré une plaque qatari. Le premier arrivé serait-il Akmar Al-Marfa avec son acolyte, le borgne vu à International Food Help ? Le Delta n'a pas le temps de creuser ses hypothèses, une autre voiture se pointe. Et, celle-ci, il la connaît bien et l'entend de surcroît, c'est celle de Salem. Il n'est pas seul, il est accompagné d'un autre type avec lequel, manifestement, il discute le moins possible, ce qui fait penser à Hichad qu'il est son bras droit. À l'avant, un chauffeur et un garde du corps.

Dans leur fourré, Vincent et Henry sentent l'excitation monter. Les premières cibles sont apparues. Et pas les moins intéressantes. C'est bien Akmar Al-Marfa qui descend de la Mercedes noire, avec sa barbe poivre et sel, sa toque bordeaux, et sa tunique beige. Ils le voient sourire. Il entre dans le bâtiment, escorté par trois bonhommes apparemment équipés de AK-47. Il s'est à peine engouffré qu'un autre véhicule surgit. Salem, leur taupe.

Deux autres bagnoles d'un coup, à dix mètres l'une de l'autre. Des 4 × 4 Land Cruiser avec des numéros de plaque locaux. Hichad entend Abdelakim Salem saluer Al-Marfa. Ils échangent quelques civilités, Salem veut savoir si le Qatari a fait bon voyage. Et il lui explique que les cinq autres invités ne devraient plus tarder. Puis souligne la dimension historique de leur réunion. Il insiste : « Savez-vous que ce rendez-vous est une première et restera gravé à jamais dans notre épopée ? Aujourd'hui, nous serons amenés à prendre de graves décisions, cruciales d'un point de vue stratégique et dont les conséquences seront magnifiques. Une victoire se prépare aujourd'hui. » L'agent, en entendant ça, ne peut réprimer une pensée ironique : « Dans ta tombe, ta victoire ! »

Vincent et Henry se régalent : les voir entrer dans la tour de contrôle, l'un après l'autre, leur procure une grande satisfaction, celle d'un piège qui se remplit. Après Salem, les Tunisiens ont montré le bout de leur nez en la personne de Ali Kounrad, puis les Égyptiens avec Larbi Lamraj aux côtés de Jamal Mukti. Et un peu plus tard, la crème du Hezbollah avec Anouar Mouram. En dernier, arrivé dans un véhicule blanc, ils avaient identifié un membre important du GIC, Mohamed Zaroui, probablement chargé de représenter le frère d'Al-Marfa, Ballouchi. Ils ont l'air d'être au complet. Une petite armée de gorilles est postée devant la porte, d'autres se sont certainement dispersés dans l'immeuble.

Dans son casque, Hichad entend un brouhaha qui signifie qu'ils sont en train de s'installer autour d'une table. Il perçoit des chaises qui grincent et des voix qui se superposent. Les Delta ont convenu de faire péter juste avant la fin de la réunion, de manière à collecter le plus d'informations possibles. Ce qu'ils se disent aujourd'hui est primordial, aussi important que le fait de les dézinguer. Ils sont des chefs mais ils ne sont pas tout seuls. D'autres chefs, ailleurs, continueront de vivre et d'échafauder des plans pour agresser l'Occident. Pire, voudront se venger d'avoir perdu des frères, des cousins.

Personne n'a bougé. Les bandes tournent dans le minivan. Hichad retient son souffle. Ce qu'il entend est une bombe qu'il est pressé de désamorcer en révélant son existence à ses supérieurs.

La réunion dure depuis une heure et demie, ils vont devoir se rendre à la mosquée où un imam les attend pour la prière du soir. Il fait encore jour, il est temps de quitter les lieux.

Vincent et Henry comprennent que la fin de la réunion est imminente. Les gardes armées de l'entrée parlent dans leur micro et s'agitent. Les boîtiers sont sortis, offrent leur bouton de déclenchement. C'est le chef qui a le privilège de déclencher... le top action !

Boum
mai 2011, Benghazi, Libye

Dans son minivan, Hichad entend la détonation. Elle lui paraît moins violente que prévue.

Deux des quatre mallettes sont restées muettes.

Le haut de la tour de contrôle a sauté et s'est effondré en diagonale. Une partie de sa base s'est ouverte et a aspiré un peu de l'immeuble.

Vincent et Henry sont stupéfaits. Ils se regardent. Pourquoi certains explosifs n'ont-ils pas pris ? Trop d'humidité pendant le transport ?

Quelques secondes après l'explosion, des silhouettes commencent à sortir des décombres. Vincent et Henry ont déjà bondi hors de la cachette avec leurs MP-5. Ils commencent à canarder en mode rafales les gardes devant la porte qui a volé et s'est transformée en béance irrégulière. Les plus mal en point sont achevés, d'autres, qui ont perdu leurs armes avec la violence de la déflagration, essaient de courir pour échapper aux balles qui les poursuivent.

Hichad a démarré le moteur de son véhicule et suit la rangée d'arbres par l'ouest pour atteindre le tarmac et récupérer ses deux amis.

De l'intérieur à moitié écrasé de la tour de contrôle s'extirpent trop de types encore armés, eux, et énervés.

Vincent se dit qu'ils sont victimes de la LEM, loi de l'emmerdement maximum. Un genre de loi des séries qui démontre que la merde attire la merde. Des charges qui n'explosent pas et une horde d'ennemis à combattre.

Vincent et Henry se défendent, tirent en essayant de passer à travers la pluie d'acier et se mettent à couvert derrière les bagnoles des invités.

Les munitions disparaissent dans les impacts à une vitesse inquiétante.

Hichad, malgré l'heure avancée et la fraîcheur qui se fait sentir, transpire à grosses gouttes. Il redoute précisément ce que ses compères sont en train de vivre : un très mauvais moment.

Ils arrivent de partout maintenant. Henry en a pointé deux avec son Camillus, Vincent, lui, s'est servi de son glock pour en buter trois autres qui déboulaient par la droite. Ils ont dû poser leurs MP-5 vidées.

Il ne leur restera bientôt que le couteau pour se défendre. En face, ils sont en surnombre et toujours bien approvisionnés en munitions.

Derrière les eucalyptus, Hichad a avancé le minivan. Vincent et Henry devraient rappliquer et sauter dedans dans très peu de temps.

Mais dix minutes s'écoulent sans qu'ils se montrent.

*

Ils sont nus. Entièrement. Du ver, ils partagent aussi la condition, contorsionnés et rampants, jetés sur le sol. Ils ont froid et les granulés du béton les écorchent sur les bleus. Vincent et Henry ne se voient pas. Il y a cinq minutes, on les a balancés de telle sorte qu'ils sont tombés en se tournant le dos. Ils s'entendent respirer dans les sacs de jute qu'ils ont sur la tête et tremblent de froid. Vincent sait pourquoi ils mettent du temps à venir, pourquoi ils les laissent macérer, se cailler, anticiper le pire.

Henry clot l'œil sain qui lui reste, l'autre, tuméfié, s'est fermé tout seul. Son épaule sanglante, salement éraflée par une balle pendant le combat de tout à l'heure, lui fait très mal. Il est en colère. Il se repasse la scène. Les djellabas qui sortent à gros bouillons de la tour de contrôle, les MP-5 qui calent et les glocks sans balles. Les types qui grouillent, eux qui courent derrière les eucalyptus pour se mettre à l'abri, Hichad qui les attend là-bas encore quelques secondes et qu'ils ne pourront pas atteindre sans se faire tirer comme des lapins. Les projectiles volent dans tous les sens, les voix qui crient en arabe se rapprochent, le minivan s'en va. Cernés, foutus.

Éviter de mourir, ça fait partie des clauses des Delta. Élevés comme des graines rares de soldats exceptionnels, ils sont censés se maintenir en vie, ne pas se faire bêtement avoir, comme là.

Que s'était-il passé ? Pourquoi étaient-ils si nombreux à l'aéroport ? Il retournait dans sa tête tous les détails de l'opération pour comprendre. Avaient-ils été avertis ? Par qui ?

Vincent avait déjà la réponse aux deux dernières questions d'Henry. Salem était la clef. Il avait dû, pour regagner sa conscience, alerter quelques combattants de la Katiba du 17 février. Il n'avait probablement pas eu besoin de préciser sa source ou la nature exacte du danger. Dans ces cas-là, évoquer une rumeur peut suffire. En agissant ainsi, Salem devait avoir l'impression de protéger son fils sans trahir sa cause.

Ils étaient en surnombre. Même surentraînés, en face, ils n'avaient aucune chance. À court de munitions, à deux seulement, ils ne prétendaient pas lutter. D'ailleurs, ils s'étaient laissés prendre. C'était mieux. Ils aviseraient ensuite. L'armada de barbus s'était montrée agressive d'entrée. Henry et Vincent les comprenaient, en même temps. Il était légitime qu'ils soient fâchés. Beaucoup de morts et de dégâts faits par ces deux types qu'ils tenaient maintenant en joue.

Vincent enrageait. Cette mission avait foiré. Il en était mortifié. Devoir mettre les mains derrière la tête, prendre, sans rien dire, des coups de crosse dans le dos et le crâne, monter comme un chien dans une voiture sous les ordres de cette clique haïe. Vincent aimerait être ailleurs. En train de baiser Astrid par exemple. Bizarrement, dans les situations les plus extrêmes, ce genre de pensée lui traversait l'esprit. Mais d'imaginer sa maîtresse en petite tenue ne pouvait pas le faire bander, le contexte s'y prêtait mal. Au mieux, il se détendait en faisant intervenir un élément étranger à la merde dans laquelle, en vrai, il était englué avec son pote Henry. Il rêvassait en regardant ces visages agressifs, ces yeux méchants, ces armes qui les braquaient, et coupait le son pour ne pas être trop atteint par les hurlements de ces hommes qui, pour certains, avaient l'air de sortir des décombres. De la poudre de ciment dans leurs cheveux noirs, des éraflures qui saignaient et des vêtements largement déchirés, ils tanguaient et faisaient penser à de vieux punks bourrés.

Henry regrette en les observant d'avoir manqué de réserves. Il n'aurait pas été si compliqué de finir le boulot. La plupart d'entre eux ne semblaient pas vaillants. Une pichenette aurait suffi à les faire tomber. Mais ils étaient armés, eux, et plus de deux. Dominants, donc.

Dans la voiture, ils leur avaient bandé les yeux avec des bouts de chemise sanglants arrachés sur un cadavre de la tour de contrôle. S'ils les empêchaient de voir le trajet, peut-être ne comptaient-ils pas les buter ? Peut-être avaient-ils d'autres projets pour eux, pires encore.

Le sol est rêche. Habillés, ça passerait. Mais là, ils sont à poil. On ne leur a pas demandé poliment d'ôter leurs vêtements et de les poser, pliés, sur une chaise, on les leur a arrachés. Pendant cinq minutes, Vincent a la sensation d'être dépouillé par des becs d'oiseaux qui ne sont pourtant que les mains crochues de ses ennemis.

Une fois nus, ils sont ligotés serré, les jambes repliées, comme des poulets. On leur met des sacs sur la tête et on les jette par terre dans la poussière et le revêtement écorché de leur cellule. Ils imaginent que, bientôt, on s'occupera d'eux.

Henry anticipe en se rappelant son embauche dans la Cellule… Bien que rodé aux séances d'interrogatoire musclées, il n'est pas à l'abri de craquer. Son tempérament l'amène à s'avouer faible pour mieux se vivre fort. Il a eu cent fois la démonstration que l'homme est faillible, qu'il est un homme. Il n'a pas toujours su échapper à la peur, il ne s'est pas toujours comporté aussi noblement qu'il l'aurait souhaité. C'est le moment pour lui d'invoquer Dieu, de prier. En s'adossant à sa foi, il supporte l'idée de la souffrance que leurs geôliers leur promettent.

Il plaint de tout son cœur et de toute sa charité chrétienne les victimes qu'ils entendent hurler dans la pièce voisine. Les cris sont stridents et glaceraient n'importe quel homme endurci. Vincent, lui, ne croit pas qu'ils soient réels mais penche pour un enregistrement dont le but est de leur mettre la pression, fissurer leur courage, les terroriser pour mieux les préparer à une séance de questions.

Ils vont vouloir connaître leur identité et leur mandataire.

Ils entrent pour cela dans la pièce et comptent bien en ressortir avec les informations. Vincent comme Henry évaluent ce qu'ils risquent d'endurer en se taisant. L'un respire dans son sac qui l'asphyxie, l'autre prie. Mais le ciel ne l'écoute pas.

Geôle
mai 2011, Benghazi, Libye

C'est lui qui est choisi par leurs bourreaux pour être interrogé le premier. Vincent les entend soulever son complice et ôter le sac. Un bruit de table et de chaise indique qu'ils l'ont assis. « Pour qui travaillez-vous ? » entend-il. Henry ne moufte pas. Ils réitèrent plusieurs fois en mettant simultanément de violentes gifles qui font valser la chaise. Quinze minutes se déroulent ainsi.

Vincent ressent ce qu'Henry endure. Il est là, à sa place, et chaque son de coup qui pleut l'agresse.

Les électrodes ensuite, il en perçoit le bruit de grésillement et l'odeur de chair cramée. Sur les tétons certainement et les couilles pour la délicatesse… Et son frère qui gémit avant un long silence.

Une bassine d'eau pour le sortir de sa torpeur et l'interrogatoire recommence de plus belle sans que la question, sans réponse, ait changé. Henry est complètement aveugle depuis quelques minutes déjà. Son autre œil s'est fermé. Son visage est un champ de peau difforme et rouge. Ses tibias esquintés par la baramine concurrencent ses côtes en morceaux qui le dissuadent de trop respirer.

Un hachoir. C'est ce que le grand brun aux yeux globuleux tient dans la main. Henry ne le voit pas mais le comprend quand on lui saisit la main droite pour la poser sur la table. L'infernale question énoncée une dernière fois avant le couperet.

Le hurlement d'Henry transperce le sac et la tête de Vincent. La lame, en tombant, a tranché les doigts, les cinq.

Henry s'évanouit mais les tortionnaires le réveillent aussi vite. Encore une fois, une dernière fois, ils demandent : « Pour qui travaillez-vous ? » Un gémissement sans réponse.

Comme ils tiennent à ce que Vincent assiste au spectacle, ils prennent soin d'ôter le sac de ses yeux. Il est effaré par la vision. Assis, comme dévertébré, Henry, le visage gonflé bleu et rouge, le corps recouvert de brûlures et d'hématomes, du sang qui coule de partout. Et, sur la table, les morceaux de sa main droite. Son pote est méconnaissable.

Ils l'ont massacré.

Le grand fait feu. Dans la tête.

*

Hichad a roulé à tombeau ouvert. Concentré et tenaillé par la culpabilité d'avoir abandonné ses camarades dans un sacré pétrin. Après l'explosion, bien sûr, il n'avait plus rien entendu dans ses écouteurs. Le micro pulvérisé sur Salem ne transmettait plus. Une fois sur le tarmac, il avait noté que les tirs étaient trop nombreux. Vincent et Henry ne devaient intervenir que sur quelques survivants à leur attentat. Or, les échos des abords de la tour de contrôle étaient ceux d'une bataille. Armé, Hichad n'était pourtant pas censé s'en mêler. Lui, il était chargé de capter et mener à bon port les informations livrées pendant la réunion. Il n'était pas supposé sacrifier les bandes audio aux autres Delta.

Au QG, la veille, Vincent avait cadré l'opération et envisagé les dérapages. Ce cas de figure avait naturellement été abordé. Sauf que là, il fallait multiplier par trois le nombre de rescapés armés et énervés. À contrecœur, Hichad était parti. Il ne fallait pas rater l'embarquement. Dégager vite et propre.

*

Au tour de Vincent d'être sur la chaise. Ils ont poussé d'un revers de la main le cadavre d'Henry qui s'est allongé, démantibulé. Vincent ne le voit pas et c'est encore pire.

Maintenant, il ne reste plus qu'un type de taille moyenne aux yeux verts avec un grain de beauté énorme sur le menton. Le grand est sorti. Il a dû aller dormir.

Celui-là fume et apprécie tout particulièrement de se venger du mutisme de sa victime en écrasant plusieurs cigarettes successives sur les mains du Delta qui réagit à peine, l'adrénaline en surdose. Par la minuscule lucarne grillagée d'un des murs hideux de ce sous-sol moite, Vincent voit la nuit s'éclaircir.

La dernière exfiltration est fixée à sept heures. Pas question de la rater, pas question de rester là, de mourir là, aussi.

Alors qu'il pense à s'évader comme le doit un agent, la baramine lui arrive dans le visage et le ventre. Il essaie d'esquiver en bougeant la tête, il tient à garder ses yeux. La colère le tend comme une lame. Son souffle s'est coupé et a comprimé sa haine. Ils ont fait ça, les salopards, ils ont tué Henry après l'avoir torturé. Ils n'auront pas le temps de le regretter. Vincent veut faire vite avant de n'avoir plus de force, avant de n'être plus valide du tout. Le loup a pris toute la place en lui, ses crocs sont prêts.

Il lui a détaché les mains dans le dos et les lui a rattachées devant, croisées, afin de pouvoir les poser de force sur la table à côté des doigts d'Henry, dans les flaques vermillon.

Une électrode sur le testicule gauche, une décharge qui fissure tout son corps et une sensation de brûlure infernale. Faire semblant de perdre connaissance ne lui est pas si difficile. Comme ça, son geôlier ira lui chercher de l'eau ou essaiera de le relever pour le remettre sur sa chaise.

Il feint une chute molle et tombe sur le dos. L'autre ne compte pas se déplacer pour de l'eau mais commence par lui mettre des coups de pied dans les côtes déjà bien enfoncées. Ensuite, il essaie de le relever en lui attrapant les poignets. Mais l'agent se dégage facilement et donne un premier coup sur le gros grain de beauté en remontant d'un coup sec ses mains en croix. Rapidement, il donne un second coup avec la paume de sa main droite qu'il fait remonter dans le nez de son adversaire. D'une manière si brutale que les cartilages s'enfoncent dans le crâne entre ses deux prunelles vertes dilatées et le tuent instantanément. Il s'effondre en arrière.

Le hachoir souillé par le sang de son frère Delta lui sert à retirer ses liens. Il déshabille ensuite le mort au grain de beauté pour enfiler sa djellaba et ses sandales trop petites. Il lui emprunte également sa kalach, aussi utile que ses vêtements. La porte n'est pas verrouillée : ils ne craignaient pas grand-chose, les lâches, avec un mort et un mec attaché.

Fuite
mai 2011, Benghazi, Libye

Dans le couloir, personne. Au fond, il distingue des voix. Vincent cherche à les discerner pour les compter. Il s'avance doucement. Trois, ils sont trois. Facile. Il prépare son arme. D'un coup, il pénètre dans la salle des gardes et tire en rafales, il aligne le trio. Sur une table sale, il récupère son glock et trouve ses munitions dans les poches d'un des macchabées.

Vincent se hâte vers la porte et l'ouvre sans difficulté. Quand il met les pieds dehors, la lumière boxe sa rétine. Le jour s'est pointé, il lui reste peu de temps.

Il est étonné de sortir aussi facilement de l'antre des salauds. Ça l'inquiéterait presque. Il longe le mur qui commence déjà à exhaler, malgré l'heure, son odeur de pisse avec la chaleur grimpante. Avec sa gueule d'homme battu, pleine de bosses et de sang, il va attirer les regards. Son corps lui donne l'impression d'être passé sous une voiture.

Chacune de ses côtes se fait sentir quand il bouge, ses poignets et ses chevilles sciées s'ouvrent, sa tête le lance. Il est broyé et pourtant son instinct animal lui donne le courage de se déplacer vite. En atteignant le bout de la rue, il repère sur sa droite un énorme bâtiment ovale qu'il identifie comme étant le stade du 28 mars. Il ne se trouve pas si loin du point d'embarquement, six kilomètres tout au plus.

*

Hichad a détalé. La gorge nouée de laisser ses camarades en chien, le sentiment de les condamner… Il a vérifié qu'il n'était pas suivi et a emprunté, non pas la route principale reliant l'aéroport à Benghazi, mais des chemins de traverse pour rejoindre le littoral.

Il est dix-huit heures trente. Encore trente minutes disponibles pour se calmer avant de s'exfiltrer. Une même phrase passe en boucle dans la tête d'Hichad : « On devrait être trois. » Mais il est tout seul avec ses enregistrements et sa culpabilité. Le plaisir qu'il éprouve d'habitude à dégager le terrain de l'opération n'est pas là. À la place du sentiment de liberté et de sécurité, il a trouvé l'angoisse et la peur de perdre ses deux comparses.

Ils ne sont pas de simples collègues, ils sont plus que des amis, ils ont appris à dépendre complètement les uns des autres, à survivre ensemble, à ne pas se dissocier. Si l'un des cinq venait à être tué, les quatre autres resteraient amputés… Hichad tente de se rassurer. Les deux Delta sont solides, malins et rompus aux situations pourries comme d'être capturés par des ennemis qu'on était précisément en train d'essayer de liquider.

*

C'est une petite crique au sud de la ville, protégée du vent et des regards. Dans les jours qui ont précédé, il est venu faire un repérage pour que l'obscurité ne soit pas un problème et pour envoyer les coordonnées GPS à l'équipe de la DGSE, responsable de leur exfiltration. Premier arrivé en Libye, Hichad a été chargé de gérer ce que les agents appellent entre eux le IN et le OUT, l'entrée dans le pays et la sortie.

Pour le Delta, pas question de se rater, la deuxième exfiltration n'étant prévue que le lendemain matin. Rester en ville une nuit de plus est déconseillé. La règle des Services n'a pas changé : opérer et quitter la zone le plus vite possible.

Le OUT
Mai 2011, Benghazi, Libye

Il sent l'air marin qui lui fait du bien, lui redonne du souffle. Le minivan est garé derrière une maison délabrée sur des dunes qui précèdent l'accès à la crique. Hichad récupère l'essentiel du contenu du minivan, et sort deux bidons d'essence. Effacer les traces sur son passage.

Son sac à dos est prêt, on l'attendra d'ici cinq minutes en contrebas. L'odeur du liquide inflammable répandu sur toute la surface du véhicule se laisse emporter par le vent énervé de la mer.

Hichad s'allume une clope et sourit à l'idée qu'elle est celle du condamné, du combi condamné. Il en consume la moitié, pas le temps pour l'autre, et la jette à l'intérieur du van.

Le feu prend instantanément mais quand l'explosion se produira, Hichad aura déjà atteint la berge au-dessous.

Avec sa lampe qui lui permet de ne pas mettre les pieds dans le vide, il descend sur la paroi rocheuse. Ils sont parfaitement à l'heure. Trois jet-skis sont échoués sur le bord. Hichad traverse la crique et salue les types qui l'attendent en combinaison noire à cagoule.

— Comme vous pouvez le constater, je suis tout seul.

— Un problème ?

— Oui, on n'attend pas les autres.

— OK, allons-y.

*

C'est le même homme chargé de l'exfiltration que Vincent retrouve à sept heures dans la crique. Et un autre attend sur un deuxième jet-ski, puisqu'ils étaient potentiellement deux Delta à vouloir se tirer de Benghazi. Sur son visage démonté par les coups, Vincent porte l'histoire de sa nuit.

Le dialogue lève l'ambiguïté : cette fois, on est sûr que le deuxième ne viendra plus. Il est mort.

En cinq minutes, ils atteignent le bateau qui fait partie de la composante même de la DGSE. Il s'est mis à circuler dans la zone quand le printemps arabe s'est déclenché. Dedans, une pièce secrète sert, quand elle en a besoin, à la Cellule Delta.

À peine monté à bord, Vincent est invité à faire un tour à l'infirmerie pour être soigné. Le médecin a l'habitude des mecs esquintés et pourtant, en voyant Vincent, il laisse échapper une exclamation. Il a l'air de trouver que les agresseurs de l'agent y sont allés un peu fort.

Après quinze minutes de soins et des analgésiques pour que ses côtes brisées lui fassent moins mal, Vincent arpente le couloir jusqu'à la pièce où Cyprien et Hichad l'attendent. Ce dernier hésite entre la peine et la joie : son capitaine est là, mais Henry, lui, manque à l'appel.

Cyprien sert chaleureusement la main de Vincent dont il ne peut que constater l'état lamentable, et le regarde d'un air grave. « Que s'est-il passé ? » demande-t-il sans attendre. Il veut savoir, comprendre comment ils ont perdu un Delta. Qu'est-ce qui a bien pu foirer ? Que n'ont-ils pas fait ? Ce qui est certain, c'est que la famille d'Henry ne saura jamais la vérité. Il ne vaut mieux pas.

Vincent se demande quels mots délicats ils pourraient bien choisir pour expliquer à sa femme dans quelles atroces souffrances son époux chéri est mort. Non, ils mentiront, prétexteront un accident de plongée, trouveront une justification bidon à l'absence de corps. Il n'y aura pas d'enterrement, mais une cérémonie d'hommage à Cercottes. Dans la salle d'honneur, tout le monde sera là pour honorer sa mémoire et son courage. Ses deux familles le pleureront, comme s'il était mort deux fois, ou que deux personnes en lui étaient mortes, lui, l'agent, l'identité obscure, et lui, le père de famille, l'identité officielle.

Hichad, via des contacts sur placc, a pu savoir qui était mort à l'aéroport. Salem n'avait pas survécu mais, d'après un informateur, il n'était pas mort sur le coup. Il avait été transporté à l'hôpital dans un état grave, suivi par deux gardes du corps. D'après les témoins, une infirmière était passée lui changer ses pansements, accompagnée d'un petit garçon, et c'est en le voyant que Salem, la tête à moitié arrachée, avait passé l'arme à gauche…

Ali Kounrad le Tunisien avait brûlé dans l'explosion et crevé sur place tandis que Jamal Mukti, lui, s'en était sorti avec un bras en moins. Quant à Al-Marfa, il était mort dans la tour de contrôle en regardant

Anouar Mouram, resté indemne. En fait, la moitié de leurs cibles étaient mortes. Les autres bougeaient toujours quelque part…

Ce qu'Hichad avait appris également et qui ne lui plaisait pas du tout était que Mouna était parvenue à ses fins. Elle avait percé le mystère Aymard. Après avoir agité tous ses informateurs, elle avait compris, soudain, que ce type avec lequel elle avait couché était l'assassin de son oncle et qu'il appartenait sans aucun doute aux services secrets français. Mouna avait relayé l'information dans sa famille qui trempait toujours dans des groupes islamistes louches, hérités de ceux du GIA. Maintenant, ils savaient qu'au moment de l'attentat à l'aéroport de Benghazi, un membre des Services Secrets français était en ville.

De leur côté, les Delta avaient glané des informations ultra-précieuses. Les enregistrements du minivan étaient édifiants. L'ordre du jour du comité d'islamistes qui s'était tenu dans la salle de contrôle était la mise au point d'un attentat programmé en France.

Avec les puissants SA-7 qui se baladaient dans la nature, ils allaient attaquer un avion au décollage, à Nice. Dans deux jours. D'après ce qu'Hichad avait compris, l'opération était déjà en marche, la conversation entre eux à l'aéroport servait à déterminer le profit qu'ils tireraient de l'attentat, la stratégie politique, la reconquête de la position dominante…

L'explosion à l'aéroport n'avait pas changé les plans des terroristes, au contraire, elle avait vivifié leur désir de faire mal, de tuer pour affirmer leur puissance et réaliser leur vengeance. Un avion bourré de civils innocents, d'au moins six cents personnes. Il fallait se dépêcher et empêcher le massacre.

Vincent regrette de n'être pas apte à agir mais désigne sans tarder Hichad qui va partir aussi vite que possible.

Mission Nice
mai 2011, Benghazi, Libye

Rasé de près, Hichad monte en tee-shirt vert, jean et lunettes de soleil dans une cigarette. Il a sur lui un glock et un couteau. Le Delta a analysé qu'ils risquaient de mouiller à bonne distance de l'aéroport de Nice et de s'avancer au dernier moment en faisant une boucle pour lancer leur missile. Les horaires de décollage avaient été vérifiés et l'avion-cible était vraisemblablement le vol KY-567 à destination de Paris. Tout l'enjeu était là justement : l'avion atteindrait-il la Capitale ou serait-il abattu à peine parti de Nice ? Hichad pouvait influer sur la réponse.

Un yacht bordeaux et blanc attire l'œil de l'agent. Il doit suivre son instinct car beaucoup de bateaux mouillent à proximité de la piste. Mais un seul se trouve au fond de la piste dans le sens du décollage de l'avion.

Sur sa cigarette, il file dans sa direction. Il ignore de combien de personnes sera formé son comité d'accueil, il lui faudra agir très très vite, avant qu'ils aient le temps de réagir et de faire valoir leur nombre.

Il s'est rapproché, il n'est plus qu'à une centaine de mètres de l'embarcation ennemie, prêt à un abordage dans les règles. Le glock à la main, le couteau à la ceinture, Hichad ne leur laissera aucune chance cette fois de faire le mal.

Sur le pont avant, il distingue deux hommes barbus et, à l'arrière, deux autres. Rien ne l'assure qu'il n'y en a pas dix autres dans les cabines. Normalement, ce genre d'opération terroriste se fait sans une armada, plutôt en équipe réduite de trois, quatre personnes.

Quand il n'est plus qu'à vingt mètres, il ralentit et tire sur les mecs à l'arrière. Il les shoote tous les deux et ils tombent raides. À un mètre du yacht, il s'accroupit sur le rebord de son bateau et saute dans l'autre.

À l'avant, ils l'ont vu arriver comme un éclair et ont rejoint l'arrière pour s'armer. Ils passent chacun d'un côté pour prendre Hichad en sandwich. Mais Hichad en bute un. Quant au deuxième qui déboule sur lui, il n'a plus la possibilité de le flinguer, alors il sort par réflexe son couteau. L'autre se jette sur Hichad et maintient le poignet de la main qui tient le couteau en le faisant basculer vers l'arrière. Sur le dos, le Delta parvient à dégager son autre poignet et colle un uppercut dans le visage de son ennemi qui roule sur le côté mais se redresse vite, se remet sur ses pieds et cherche à attaquer Hichad. Dans l'intervalle celui-ci a positionné son couteau et l'autre, en se ruant sur lui, s'empale sur le Camillus.

Hichad a fait place nette sur le bateau des pirates, en tout cas à l'extérieur. Une vérification s'impose. À l'intérieur, un trépied avec un missile en position. Ils attendaient l'ultime minute pour le sortir. Une caisse contenant cinq SA-7 lui saute aux yeux. En fouillant, il ne trouve rien. On dirait que ce bateau leur a été prêté par l'un de ces riches nababs du Golfe et qu'ils ont pris le strict minimum. De quoi manger et dormir et des armes, bien sûr.

Il embarque les armes, grimpe sur sa cigarette qu'il a sommairement attachée avec une corde en débarquant. Hichad laisse le bateau sur place, pas le temps de nettoyer. Il embarque dans son bolide les armes, les missiles, l'ordinateur portable. Il vient de faire échouer un attentat, il a su s'adapter, prendre des décisions à la vitesse de l'éclair. Il espère faire oublier ainsi l'épisode de l'enlèvement de l'enfant. Maintenant, il file à quarante nœuds rejoindre Vincent et Cyprien qui attendent, préoccupés, son retour.

*

Le bar clandé est éclairé. Les Delta sont là, pas au grand complet, mais presque, réunis dans le deuil. Hichad a réussi, l'avion à Nice n'a pas explosé en vol mais la victoire est largement gâchée par ce qu'elle a coûté et qui ne se remplace pas.

Henry est mort. C'est trop tard, ça. Ils ne peuvent pas le changer.

Ils vont boire ce soir un romanée-conti, le même qu'il y a deux mois et demi. Ils vont trinquer, lever leur verre au courage d'Henry, à la survie de Vincent, à Nice et Hichad. Leur visage trahit leur tristesse et leur épuisement. Abattus, à la place de l'avion.

Annie s'est assise à la même place que la dernière fois. Mais elle ne s'agite pas aujourd'hui sur son tabouret. Ses yeux sont rougis et cernés, elle a les traits tirés et l'air soucieux.

Vincent, lui, est le plus plombé de tous. Il n'encaisse pas la mort de son pote. Il a perdu le sommeil avec une balle. Toutes les nuits, il entend le bruit terrible du tir et du corps qui se froisse. Il n'est plus dans son état normal. Il a refusé de voir Astrid, n'est plus sorti de Cercottes, et a annulé toutes les opérations prévues.

Il s'est placé derrière le bar, là où Henry l'œnologue prenait le contrôle des réjouissances. Vincent ne veut pas laisser de vide se creuser entre les Delta et les éloigner, peut-être.

Silencieux, il fait semblant d'écouter Hichad raconter ses exploits en cigarette. Aymard joue le jeu, lui, pour masquer son malaise, son malheur. Il réagit à l'histoire du héros, se marre ou frémit.

Ils sont tous évanescents. Quelque chose manque, quelqu'un, et c'est comme si un nerf avait claqué et le groupe, perdu son ressort. Ils semblent déboussolés, abîmés dans leurs pensées respectives.

Dans son coin, la télé est allumée. Le printemps arabe s'est transformé en été, au risque de brûler. Eux, les Delta, sont amputés d'un des leurs.

Cyprien entre alors dans la pièce et leur annonce que la cérémonie pour Henry est programmée le lendemain dans la salle d'honneur de Cercottes.

Vincent lui sert un verre. Cyprien tient à rester un peu. Il veut témoigner à la Cellule sa compassion, ses sincères condoléances. Bien qu'il ait peu connu Henry, il comprend ce que sa mort a de traumatisant pour le reste de la bande. Cyprien cherche à les égayer en évoquant des vacances qu'ils seraient en droit de prendre… Pourtant… Même leurs rêves sont exténués.

Ils rêvassent tous, fatigués, usés par l'idée fixe du cadavre abîmé d'Henry quelque part à Benghazi. Vincent n'avait pas eu la force de s'évader avec le corps de son ami. Il s'était péniblement porté lui-même.

Ils rentreront vite se coucher ce soir. Ils n'arriveront pas à être ivres. Les blagues d'Hichad ne sauvent pas tout.

Elle est la première à avoir vu, Annie, parce qu'elle a tourné la tête vers l'écran plat. Elle a crié : « Regardez ! »

À la télé, à Roissy-Charles de Gaulle, un avion venait d'être atomisé quelques secondes après son décollage. Un tout petit point avait fondu sur lui et l'avait fait exploser. Une énorme boule de feu s'était créée en projetant des milliers d'éclats noircis dans les traînes blanches de nuages.

La voix dit : « Un 747 de la compagnie Lufthansa en partance pour Tel Aviv vient d'être percuté par un missile avec trois cent cinquante passagers à son bord. »

Occupés à éviter la catastrophe à Nice, ils avaient raté celle de Paris. Hichad n'avait rien entendu sur les bandes qui fasse référence à Roissy. Il n'était question que du Sud.

Les terroristes les avaient certainement doublés. Peut-être avaient-ils trouvé sur Salem mourant le HF imposé par Hichad ? Vincent en était maintenant convaincu. Ils avaient soupçonné les Delta d'être au courant pour Nice et les avaient laissés s'en préoccuper pendant qu'eux travaillaient à doubler l'attentat et à réussir le second. En fait, à Nice, ils attendaient les Delta pour leur laisser l'illusion d'avoir déjoué leurs plans. Ils avaient sacrifié l'opération dont ils savaient qu'elle était grillée et avaient déplacé leurs billes dans une ville plus importante, plus symbolique, Paris. C'est là qu'ils pouvaient faire le plus de mal. Qu'ils venaient de faire le plus de mal. Trop tard.

Les quatre Delta se taisaient, abattus par les images. Et une seule pensée les occupait tous : la vengeance.

Remerciements

Je remercie Sophie Blandinières, sans qui ce roman n'existerait pas…

TABLE DES MATIÈRES

Cellule Delta

Composition et mise en page

NORD COMPO
multimédia

Imprimé par CPI Firmin-Didot
N° d'édition : L.01ELKN000334.N001 – N° d'impression : 110317
Dépôt légal : avril 2012
Imprimé en France